キーツの想像力

妖精・牧歌

髙橋 雄四郎 著

音羽書房鶴見書店

まえがき

キーツの想像力を理解するに際し、妖精のイメージと牧歌の表現形式を意識することは、それぞれ新鮮な視点といえないか?

湖の精「つれない美女」は美における生と死の同居を意味している。「四妖精のうた」は地水火風の精霊の合唱《コーラス》・饗宴である。牧歌（——叙事詩『エンディミオン』）の原点を匂わせる。「夜鶯鳥《ナイティンゲール》に寄せる賦《オード》」、「憂鬱《メランコリー》の賦《オード》」、「秋の賦《オード》」は何れも、アルカディア的な永遠の時間へのパセティックな憧れを滲ませる。

キーツのコトバにはリアリズムに潜む神秘性がある。すでに『キーツ研究——自我の変容と理想主義』（北星堂）、『ジョン・キーツ——想像力の光と闇』（南雲堂）において、わたくしは彼の詩想のロマンティック・イマジネイションを明らかにしてきた。二冊のエッセイ集もキーツの美意識と無縁でない。本書はキーツ研究三部作・最終巻。彼独自の想像力はどのような衝動を核にして展開してきたか、そのプロセスはどのような形式をとり、どのような結実をもたらしたかを確認したいと考え、試論「イギリス風景画論」を附し、躊躇逡巡のすえ上梓する次第である。

二〇一五年四月吉日

著者

感謝をこめて　この書を
妻恭子と
遥かなる郷里の祖霊に捧げる

1. George Frederick Watts, *Endymion*, c.1872

目次

第一章

キーツと妖精・牧歌

2. ラ・ベル・ダーム・サン・メルシ

一・「つれない美女」

キーツの妖精詩は、基底に *Endymion* があり、傍系に *The Eve of St. Agnes* がある。代表作品は *La Bell Dame sans Merci* と *Lamia* である。「つれない美女」に焦点をあて、他の作品を関連させ、結論において『レイミア』に言及したい。

おお　なにを悩むのか　鎧を纏う騎士よ
ただひとり　色青ざめて　彷徨うは？
すげの花は湖畔に枯れ
鳥は一羽も啼かないというのに

おお　なにを悩むのか　鎧を纏う騎士よ
顔は窶れはて　悲しみに打ちひしがれて？
リスの穀倉はあふれ
収穫《とりいれ》は終わったというのに

わたくしはみる　一輪のゆりの花を　きみの眉間に

苦悩の熱病に濡れた額を
きみの頬には色褪せていく一輪の薔薇の花
そんなにもはやく萎《しお》れていく

わたくしは草原でひとりの女性に逢った
彼女はとても美しく　妖精の子なのだ
髪は長く　足取りは軽《かろ》やか
まなざしに野性味があった

わたくしは拵《こしら》えた　頭飾りの花輪を
腕輪も　芳香漂う帯さえも
彼女はわたくしを見つめた　愛しているわ　というように
そして甘いうめき声を発した

わたくしは自分の駿馬に彼女を乗せた
そして終日　彼女以外に何も見なかった
なぜなら肢体をくねらせ　彼女は歌うのだった
妖精の歌を

彼女はわたくしに甘い草の根を見つけてくれた
野生の蜜　甘露も
そして聞きなれないコトバで言った
「あなたが好きよ」と

彼女はわたくしを妖精の洞窟へ案内した
そして泣き　激しくため息を吐《つ》いた
わたくしは野生味あふれる彼女の眼差しを閉じてやった
四度《よたび》のくちづけで

彼女はやさしくわたくしを眠らせた
そのときわたくしは夢をみた――ああ　このままでは済まないぞ！
わたくしが見た最後の夢は
冷たい丘の中腹であった

わたくしは見た　王たち　王子たちも
戦士たちの姿　彼らはみな色青ざめていた！
彼らは叫んだ――「つれない美女が

お前を虜《とりこ》にしたぞ！」と

わたくしは見た　彼らの飢えた唇を薄暗闇の中に
恐ろしい警告にその口は大きく開かれていた
わたくしは眼を覚まし　気が付いてみると
冷たい丘の中腹にいた

以上がわたくしの彷徨う理由
ただひとり　色青ざめて　うろついている経緯《いきさつ》なのだ
すげの花は湖畔に枯れ
鳥一羽　啼かないけれども

（一）

ここでは、“elfin grot”に焦点を当てたい。「妖精の洞窟」は『エンディミオン』と繋がる。この物語詩の中核に幸福論がある。人は、自然、芸術と一体となり、さらに他者への愛に徹することによって、真に幸福になると彼は考える。友愛を含め、愛はSelf-lessが基底にある。自己否定はNegative

Capability に通じる。キーツによれば、地上の幸福な経験は心中それを“finer tone”で繰り返すことによって、天上に反映するが、それは一瞬に過ぎない。天の境界“heaven's bourne”は訪れても忽ち、消滅する。この考えを基軸にし、“irony”に満ちた「妖精の洞窟」の意味するものを明らかにしたい。

「中世精神との深い同化」[1]による、コトバで言い表しえない余韻のある「つれない美女」は、僅か四八行。この中にM・アーノルドのいう、自然呪法《じゅほう》“natural magic”[2]の凝縮をみる。さりげない日常の経験が想像力によって変質し、芸術的に昇華していく。「キリスト教以前のギリシャ的概念」[3]と、思うにデーモニックなケルト的概念との親近性がある。このギリシャの地中海性にケルトの北欧性が浸透し、洞窟の性格は複雑さを加えることになる。そこに『エンディミオン』から「つれない美女」にいたる洞窟の変容が見られる。

「ぼくの詩にはいつも妖精王オベロンが息づいている」[4]とキーツ。妖精は神と人間の中間の領域に生息するという。デモノロジーは、人間の意識、無意識の領域に関係してくる。「妖精の洞窟」は、無意識から湧き出る詩人の意識の比喩、隠喩であり、さらに言えば、客観的相関物[5]でもある。これについてはさらに敷衍《ふえん》したい。

With talisman to call up spirits rare
From plants, cave, rock, and fountain.—To his sight
The husk of natural objects opens quite
To the core: and every secret essence there

Reveals the elements of good and fair; (*The Poet*, 3–7)

詩人は魔法使い　姿みせようとしない精霊たちを
植物　洞窟　岩　泉から　呼び寄せる　彼の一瞥《いちべつ》に
自然の諸物体はその莢《さや》を開けて　みせてくれる
その核心までも　そしてそこに秘められたあらゆる本質は
善なるもの　美なるものも　あらゆる諸要素を曝《さら》け出す　（「詩人」三―七）

さて地底という洞窟である。エンディミオンにおける月姫との幻の抱擁をみてみよう。彼が、野薔薇の枝を手折り水に漬けると、一輪の花が開き、一匹の蝶に化身する。(6) その蝶に導かれ、しばらく進む中に、蝶は忽《こつ》然いなくなる。そして、「泉の小石の縁に胸まで身を起こす一人の妖精」(7) が姿を現す。この水の精も程なくいなくなる。やがて、

descend! He ne’er is crown’d
With immortality, who fears to follow
Where airy voices lead: so through the hollow,
The silent mysteries of earth, descend! (*Endymion*, II, 211–14)

降りよ　地底の胎内へ！　精霊の声の導きに
従うことを恐れる者は　不滅の王冠
をうることはできない　だから大地の
静謐《ひつ》なる神秘の洞窟を通り抜け　地底に下りて行け　（『エンディミオン』二巻。二一一―一四）

こうして、月姫との幻の抱擁[8]が訪れることになる。

ところで『聖女アグネス祭前夜』について言及したい。歓《よろこ》びの温度計、精神の挨拶、強烈性　美真の一致などは、ネガティヴ・ケイパビリティと関連し、魔法使いの登場は「妖精の洞窟」に繋がる。月姫との幻の抱擁とも響きあう。

アグネス一三歳の殉教死は中世の伝説となる。毎年一月二一日にその死を悼み、祭りが行われる。その前夜、若い娘がお勤めと一定の儀式を行えば、夢に未来の夫が現れるというのである。MadelineとPorphyroは相思相愛。家は互いに対立しあう。ポオフィロは老女アンジェラを味方にし、城中に忍び込み、マデラインの寝室の隣の納戸部屋に潜む。彼は姫の勤行の一切を偸《ぬす》み見る。素肌の美しさ。月の光に濡れながら、神の恩寵と恵みをもとめ、ひたすら祈りつづける姫。

お勤めの内容は、「夕食も取らずに寝室に退き／白百合の身体を仰向きにして臥し／と見こう見せずに／ひたすら望んでいる全てを得たいと神に祈ること」[9]である。姫は「聖女アグネス祭の魔法にかけられた処女／使命を帯びた天使」[10]であり、「空気の精、遠い遥かな幻」[11]そのものであった。その姿はまぎれもなく『エンディミオン』における、理想美のシンボルである月姫に比せられる。

いっぽう、心の中で憧れのコトバを精妙な旋律で唱え、絶えず精神の挨拶を繰り返しつづけてきた彼はいう、「さあ　ぼくの愛しいひと美しい六翼天使よ　目を覚ませなさい！／きみはぼくのいのち　ぼくはきみゆえの世捨て人！／目を開けなさい」[12]と。だが彼の強烈性が未熟なため、つまり、追求者の情熱の高まりのレヴェルが「霊妙なるもの」と溶け合う程に至らないため、「ほの暗い帳が／姫の夢路を翳《かげ》らせ」[13]はするものの、半ば真実な状態のままに愛を秘めた姫の夢は、それに見合う純粋さが訪れなければ溶け合わないのである。芸術の卓越性は、美真の間に存在する不純なものを除去する強烈性にある。この場合、美＝姫、真＝彼となる。彼は姫を凝視する。心身ともに無私、純粋でなければ、姫との一体化はありえない。「我に返ると心乱れて世にも妙なる旋律を秘めた／弾き手不在のリュートを取り上げ／絶えて聞かない古代の歌を彼は奏でた／プロヴァンスで〝つれない美女〟と呼ばれているものである。」[14]

我がマデライン姫！優しい夢みるお人よ！　麗しい花嫁よ！
聞かせ給え　永久に祝福された忠実な君の下僕としてこの僕を
心臓《ハート》の形で真紅に染められた美しい君を守る盾にしてくれますか？　(334–36)

自我を無私の状態にまで高めれば、己は「霊妙なるもの」に昇華する。不純な要素がエヴァポレイトするとき、美真は一致する。想像力が極限にまで高められると来世における美の原型が現実に姿現すと、キーツはいう。[15]天の境界。凝視が深まり、あらゆる不純性が払拭された瞬間。歓びの温度計の目盛は上がっていく。クライマックスへと詩は近づく。

Ethereal, flush'd, and like a throbbing star
Seen mid the sapphire heaven's deep repose
Into her dream he melted, as the rose
Blendeth its odour with the violet,—
Solution sweet: (318–22)

霊妙に頬染めて
サファイア色の天空の奥深く煌《きら》めく星のように
姫の夢のなかに彼は溶けていった
花薔薇《はなそうび》がその芳香で菫《すみれ》と溶け合うように
美しく溶け合った　（三一八—二二）

「魔術師マーリンが借りていた全ての魔法を魔王に返して以来／恋人たちはこのような夜に一度も出会ったことはない」"Never on such a night have lovers met,/Since Merlin paid his Demon all the monstrous debt."[16]。マーリンは「アーサー王伝説」に登場する高徳な魔法使いである。「父親は人間でなく大気中の悪魔と尼僧の子[17]」という。

「花薔薇の芳香が菫の花と溶け合う」晩春の頃、花の精たちがニンフとなって現れても、決して可笑《おか》しくない。このような天の境界は、意識と無意識の接点でなかろうか。キーツ詩にはケルトの神話・妖精が関係している。溶け合った二人は妖精の嵐の中を、何処《いずこ》ともなく旅立つのである。

3. 魔術師マーリン

（二）

妖精は瞬きの一瞬に現れて消える。エンディミオンを地底の途中まで案内し、姿を消す妖精は水の精である。儚さが余韻を呼ぶのであろう。「つれない美女」の特徴は一語でいえば、何とも表現しえない余韻に尽きる。一二連からなる四八行のバラッド。初三連はプロローグ。つづく六連が物語の中心部分。エピローグが終三連となる。一八一九年三月、この詩の創作当時 Fanny Brawne との関係も深まり、詩人の感情の起伏は微妙さを増す。

O what can ail thee, knight-at-arms,
Alone and palely loitering?
The sedge has wither'd from the lake,
And no birds sing.

O what can ail thee, knight-at-arms,
So haggard and so woe begone?
The squirrel's granary is full,
And the harvest's done.

典型的なバラッド形式。漠然とした語り口。一―三連は誰か分からない、いわばストレンジャーによるつぶやきで始まる。初連。ただ一人、色青ざめて、憑《つ》かれたように彷徨う鎧を纏う騎士がいる。菅《すげ》の花は湖畔に枯れ、鳥一羽啼かないという。湖畔、鳥といえば、湖の精である。さきのマーリンにせよ、湖の精にせよ「アーサー王伝説」に登場する。

美しい声で啼く鳥が湖の妖精の代名詞であることは、クフーリンの物語[18]の示すところである。季節は晩秋。鳥一羽啼かないのは、妖精は姿を消したことの比喩的表現に他ならない。失恋の心象風景である。

第二連・第一行は、初連・一行の繰り返し。ケルト的雰囲気が漂う。騎士の面は窶れ、悲しみに打ち拉《ひし》がれている。侘しい語句の繰り返しがペーソスを誘う。リスは冬眠に備え、食糧をあちこちの穴に充分、埋め隠している。収穫は終わった。第三―四行は落ち着いた平和な状景。前半と対照的で、オクシモロンの含意も無くはない。

I see a lily on thy brow
　With anguish moist and fever dew,
And on thy cheeks a fading rose
　Fast withers too.

三連は同じプロローグでも、少々、様子が異なる。四連への橋渡しの役割をはたす。語り手は騎士について具体的に述べる。百合と薔薇がでてくる。明らかに恋物語。眉間に刻まれる百合は純潔以外になにを意味するのか？ "lily"は「復活、継続する生命のシンボル」"symbol of resurrection and continuing life"[19]であろう。頬の薔薇は色褪せ、忽ち、枯れるという。薔薇は性的願望の象徴。これから展開しようとするドラマを暗示し、印象づける。熱っぽい苦悩が、滲みでる汗となって騎士の眉間から額にかけて濡らす。薔薇は精神性の象徴でもある。

「妖精は不死のものであり、ケルト起源の魔性の生きものであり、善悪に関係のない"neutral"の存在で、人間の色青ざめたあらゆる束縛の外にいる」[20]という。けれども、湖の妖精の性格は複雑であり中性的ではない。若い騎士は思いつめたような、なんともいいようのない心の葛藤に苦しむ。不可解な妖精の性格の反映をここに見る。漠然としてハッキリしないのがバラッドの特徴。ケルト的雰囲気が読者を未知の世界へ誘う。

三連の役割は不可解な世界の示唆、暗示。妖精は天上あるいは地上に住む人間とは異なる。地下に住む異世界の住人である。W・B・イエイツの「彷徨《さまよ》えるイーンガスの歌」"A Song of wandering Aengus" 第二連に、釣り上げた鱒を床の上で料理しようとすると、鱒が一人の美しい女性に変身している。彼女は詩人を白銀のリンゴ、黄金のリンゴ探究の旅に誘い、何処ともなく姿を消す。

つづく四—九連はバラッドの中心部分である。ここから最後まで、「わたくし」は「騎士」となる。語り手は表舞台からは姿を消すが、姿みせない語り手に騎士は操られている。順を追って見ていきたい。

I met a lady in the meads,
　Full beautiful—a faery's child,
Her hair was long, her foot was light,
　And her eyes were wild.

湖畔の草原でわたくしが逢った独りの女性は、美しい仙女の子であった。キーツ詩に「水の精」"Naiad" は馴染み深い。(21) 湖の精、湖の貴婦人 Lady of the Lake である。フランス語ではダーム・デュ・ラック Dame du Lac。「アーサー王伝説」に登場する湖の妖精である。湖の妖精には複数の呼び名があり、ややこしい。(22) マーリンを眼に見えない空中の塔に幽閉し、結果的に彼の魔法を奪うニーニアン Niniane

も湖の妖精であり、ダイアナとも重なるという。[23] 他にモルガン・ル・フェ Morgan le Fay がいる。この湖の妖精も「アーサー王伝説」に登場する。いずれにせよ湖の妖精は、複雑な性格の持ち主らしい。「つれない美女」に登場する妖精は湖の妖精と考えていい。そこに漠然性から生まれる魅力がある。

マラルメの「半獣神の午後」をみよう。夏の午後。泉の辺り。戯れている二人のニンフ。偸《ぬす》み見る牧神フォーヌの欲望が木陰に妖《あや》しく疼《うず》く。夢裡にニンフたち（肉感的と清純）と合体する彼。意識が戻ると、あの悦楽は夢か現《うつつ》か茫然とする。甦る半透明の挫折感。ニンフたちは白鳥に変身。取り残された彼は寂しげに笛《フルート》を吹いている。泉は何も語らない。欲望（肉感的）＝虚。清純＝芸術＝美。こうしてマラルメ（フォーヌ）は真の美の追求に向かうという象徴詩である。

草原はすでに枯れ始めている。けれども、長い髪、軽やかな足どり、野生的な眼差しなど魅力的な妖精の風情は、若者の心を捉えている。歓びの温度計の目盛は上昇し始める。

I made a garland for her head,
　And bracelets too, and fragrant zone;
She look'd at me as she did love,
　And made sweet moan.

高まる欲望。飾りの花冠、腕輪、芳香漂う帯などを彼は彼女に贈る。そうせずにいられない切ない気持ち。女は愛しているわ、と言わんばかりに騎士を見つめ、甘い呻き声を発する。この "as"〈と言わんばかりに〉の語は、はっきりしない点で、バラッド形式が望ましい。五連は前連より、一層、温度計の目盛を上昇させている。お互い同士、すでに眼と眼を見交わし、暗黙の了解はついている。

I set her on my pacing steed,
　And nothing else saw all day long,
For sidelong would she bend, and sing
　A faery's song.

4. 牧神（フォーヌ）とニンフ

贈り物を喜んで受け入れる女。脈がある。騎士は完全に主導権を握ろうとしている。駿馬は妖精の計らいではない。「アーサー王伝説」における、モルガン・ル・フェの場合とは異なる。馬は騎士の持ち物であろう。逸《はや》る心に寄り添うように、軽やかな蹄の音が聞こえてくる。飽くことなく女を見つづける彼。女は肢体をくねらせ、妖精の歌をうたう。暗示、象徴、風刺を通し、この連はデリカシイを孕《はら》みながら、巧《たくみ》にセクシュアリティを発散させている。主導権を手中にしても、彼は心身ともにいつの間にか彼女のペースに巻きこまれていく。五連の花冠、腕輪、芳香漂う帯は、女性のセクシュアリティの付属品。これから起こるであろうことの輪郭が暗示されている。バラッドによる語りの魅力がここにある。耳を澄ませると、ドビュッシー「牧神の午後」の旋律が聞こえてこないか？　幸福論でいえば、女の魅力に「絡めとられること」"entanglement"「虜となること」"enthrallment"を意味している。

She found me roots of relish sweet,
　And honey wild and manna dew,
And sure in language strange she said,
　'I love thee true!'.

贈り物に対する妖精の返礼の品は、美味な草の根、野生の蜜、甘露であった。特に甘露に注目したい。マナ"manna"は「荒野を彷徨うイスラエル人に奇跡的に恵まれる食べ物」、「神聖かつ精神的な食べ物」の意であり、"mana"には、「人間に襲いかかる超自然的な力」[24]の意味がある。妖精の差し出すものは"taboo"[25]、つまり「タブー」は秘密を暴かないこと、理由を尋ねないことである。神聖であることは、永遠性に通じるゆえにポジティヴな性格となり、禁制はネガティヴな性格となる。つまり相反する意味をこの語はもつ。その言外の意味・曖昧性はこのバラッド解釈の手掛かりにならないか？　アンビギュイティは"irony"に通じる。妖精は超自然的存在。聞きなれないコトバで「わたし貴方が好きよ」という。ここに「気まぐれ」を読みとれば、"irony"は一層、複雑化してくる。

She took me to her elfin grot,
　And there she wept, and sigh'd full sore;
And there I shut her wild, wild eyes
　　With kisses four.

「妖精の洞窟」は明らかに子宮に通じる女性のシンボル。キーツの愛読した「オベロン」に、ティターニアの「魅せられた洞窟」"enchanted grot"がある。リティアはここで愛するユオンの子供を産む。[26] 基底にエンディミオンと月姫の幻の抱擁、『聖女アグネス祭前夜』における衣を脱ぐマデラインを、息潜めて凝視する納戸部屋のポォフィロとの繋がりがある。ところで、この連の一行目―二行目の間に何があったかは、読者の推測に委ねられている。女が激しく泣き溜息を吐くのは何故か。騎士の側からいえば、「絡めとられ、虜になり」、「本質との交わり」"fellowship with essence"は遂げたのでないか。さりながら、彼に充足感があったのか、夢うつつの状態が訪れたのかは、極めて疑わしい。つづく三―四行は優しく愛撫する彼の仕草を歌っている。

ところで、この作品が書かれる少し以前に下記の詩が創作されている。興味ふかいものがある。

"Scanty the hour and few the steps beyond the bourn of care,
Beyond the sweet and bitter world,—beyond it unaware!
Scanty the hour and few the steps, because a longer stay

Would bar return, and a man forget his mortal way:

(“*Lines written in the Highlands after a visit to Burns's country*,” 29–32)

「煩悩の領域を超えるに殆ど時間はかからない　ほんの数歩の歩みでいい
甘くほろ苦い憂き世を超えるのに　無意識裡に超えるには！
殆ど時間はかからない　ほんの数歩の歩みでいい　それ以上留まれば
門を下され　人は帰路を忘れてしまう」

（「バーンズ・カントリー訪問後、ハイランドにて書ける詩行」二九―三二）

少々前に書かれた次の詩も参考になる。

“that man on earth should roam,
And lead a life of woe, but not forsake
His rugged path; nor dare he view alone
His future doom which is but to awake.” (*On Death*, 5–8)

地上の人間は彷徨い
悲哀の生を過ごす　だが彼は諦めない

石ころだらけの路を。敢えて孤独とは思わない
ハッと眼覚めて分かる己の未来の運命を　（「死について」五―八）

「つれない美女」創作の1819, April 16当時、キーツはダンテの「地獄篇」を読み、「パオロとフランチェスカ」から強烈な印象をうけ、「わたくしが接吻した唇は蒼白だったその美しい女性と／憂鬱な嵐のなかをわたくしは一緒に浮き漂った」（「夢について」一三―一四）[27]というソネットを書いている。憂鬱な嵐は、どことなく妖精の嵐を連想させないではおかない。

七―八連、そして九連の第一行までがバラッドのクライマックスを形成する。

And there she lulled me asleep,
　And there I dream'd—Ah! woe betide!
The latest dream I ever dream'd
　On the cold hill side.

眠りのまえに差し出された禁制の甘露マナ。タブーを犯すとひとは現世に戻れない。マナに通過儀礼《イニシエイション》の意味がある。想像裡における愛の行為。訪れる眠り。姿消す妖精の息遣いさえ目の辺りにしうる。充足感、気だるさ、心地よさ。だが天の境界の訪れは一瞬に過ぎない。二行目以下の詩行との対照がいい。妖精との出会いの儚さ。人生の無常観を彷彿させる。中唐の詩人・殷堯藩《いんぎょうはん》（七八〇―八五五）の

詩、「端午日」に「千載賢愚同瞬息」（千載　賢愚　瞬息を同じくし）がある。「千年の歳月も、賢人も愚者も、同じようにアッという間に過ぎ去る」というのである。

眠り、夢。だが不吉な予感。丘の中腹。妖精は想像力の虚構であっても不思議でない。妖精の洞窟は男性における「無意識」animaへの入り口である。デーモニックな洞窟は、意識の客観的相関物であった。洞窟の中は暗い。入ればなにが起こるか分からない。姿を消した妖精。無意識の暗い洞窟から出てきた彼。丘の中腹は冷たかった。洞窟、丘はケルト的視点にたつと古墳である。

このバラッドは円環をなしている。一〇—一二連で終章を迎える。一〇—一一連は九連の余韻を色濃く残す。

I saw pale kings and princes too,
　Pale warriors, death-pale were they all;
They cried—'La Belle Dame sans Merci
　Hath thee in thrall!'

『エンディミオン』「第三巻」グローカス神話におけるキケロの魔法が、数多くの男たちを醜い生き物に変身させたことを連想させる。騎士の夢に現れた亡霊たち。彼らは洞窟に深入りし過ぎた、騎士の先輩格の存在である。色青ざめた王たち、王子たち　戦士たちの顔色は死人さながらの土色である。「つれない美女がお前を虜にしたぞ」という警告を耳にし、彼は愕然とする。まだそれだけの意識が残っていた。幸いなことに彼はそれ程のめりこまなかった。亡霊たちの声をきき、驚いて目を覚ますのである。妖精の魅力の虜となり我を忘れることが、果たして天の境界に足踏み入れることか、否かは兎も角、忘我の境地に彷徨い込んだのは事実。

キーツ詩論における美真の一致、幸福論における歓びの温度計の場合、神聖な想像力に繋がる。愛、死、生、永遠をわれわれは一瞬に感じることがある。それは至福の瞬間でもあるだろう。幻であり、ヴィジョンでもある。妖精の洞窟が、ケルトの古墳を意味する丘にあることと、至福のヴィジョン——絶望に通じる一面を備えている。さり気ない日常生活の断片が、想像力によって昇華されるという自然呪法《じゅほう》の極致が見られる。そこに想像力の虚構“figment”があるのだが、それはいま見てきた通りである。

I saw their starved lips in the gloam,
　With horrid warning gaped wide,
And I awoke and found me here,
　On the cold hill's side.

「薄暗がり」の丘の中腹。「集合的無意識」“collective unconsciousness”と考えると分かり易い。バラッドの特質と表裏している。先客たちはみな、大きな口を開け、警告を発しつづけている。だから騎士は目を覚ましたと、繰り返し述べている。「冷たい丘の中腹」の重複は“elfin grot”の強調である。

And this is why I sojourn here,
　Alone and palely loitering,
Though the sedge has wither'd from the lake,
　　And no birds sing.

物語は初めに戻る。以上のいきさつ「これ」"this"が理由だ、晩秋の季節に菅《すげ》の花も枯れている湖畔を、独り、色青ざめて、彷徨するのは、親兄弟、知人、友人の待つ温かい家庭に帰りたいからであろう。否、それ以上に、妖精に対する愛着、惜別の念が、彼を苦しめているのでないか？ "No birds sing."の繰り返しで、円環状に終連と初連は重なる。すでに指摘したように、英雄クフーリンの場合、美しい声で啼く鳥は美しい妖精の分身であった。「鳥一羽啼かない」と繰り返すところに、騎士はデーモニックな妖精との恋の余韻に浸っているという解釈が可能となる。クフーリンの場合、湖の妖精は主人公に非常に好意的であり、(28)「アーサー王伝説」とは趣を異にする。いずれにせよ、妖精の洞窟は意識、無意識の中間、夢まぼろしの象徴になった。「色青ざめている」意味の二重性が、このバラッドの味わいを深くさせる。

ユングによると、男性の無意識、潜在意識をanima、女性のそれはanimusという。エンディミオンの月姫及び、印度少女への憧れもアニマの然らしめるところ。男は誰でも己の心にイヴへの憧れを抱いている。アニマは清純な処女、女神、天使、魔女、娼婦であったりする。ダンテの場合はベアトリーチエ。女性のアニムスはディオニソス。

「アーサー王伝説」。たとえば不倫ではあるものの、宮廷風恋愛の一例としてトリスタンとイソルデがある。トリスタンのアニマはイソルデ。イソルデのアニムスはトリスタン。物語は愛の原型のように、いまなお読み継がれている。

愛の対象としての美との溶け合い、その瞬間は「喜べないほど幸福すぎる」(too happy to be glad)[29]し、「人間の運命には起こりえないほどの幸福」(More happy than betides mortality)[30]でもある。それ故に、懐かしい妻子、友人知己の待つ家郷を忘れさせるほどの高価な代償で購《あがな》わなければならない。

プラトンによると、魂は二頭立ての馬車で表される。右の馬が知性、左が情念。理性は御者。魂は神々とともに、しばらくは天空の果てにある真理の原で憩うことが許される。ここには真善美がある。神々は心ゆくまで休息なさり、やがて寝所に帰られるが、人間の肉体に住むことになる魂は永くそこに留まることはできない。天空を彷徨う魂の左の馬・情念の地上性ゆえに、馬車は傾き、やがて地上に落下する。このとき生まれた赤ん坊の肉体にそのまま入り込むのが人間の魂である。したがって、魂が天の境界に一瞬、足を踏みこむというキーツの考えは充分、納得しうる。

（三）

妖精詩 *Lamia* は「つれない美女」とどのように繋がるのであろうか？　丘、洞窟はケルトの異界“other world”であり、大地母神アナの住居、豊穣への入り口。このデーモニックな世界を常に知的

5. ヘルメス

にコントロールし、N・ケイパビリティによる、複雑な美の、作品への反映。詩人の魅力である。このバラッド以後、Odes 群、Lamia 創作にみられるように美と憂鬱が色濃くなっていく。両者の関係は不可分かつ密接である。キーツの場合、アニマは憂鬱と表裏する。

　レイミアはアダムの最初の妻・蛇女リリス Lilith の系譜に属するようである。[31] 彼女は美し過ぎて人間の姿ではいられない。二部から成るこの作品、第一部のキーワードは“the green-recessed woods”[32]。この「緑の奥深い森」が「天の境界」、「妖精の洞窟」に相当する。すなわち、レイミアに姿を変える以前、ニンフ姿の彼女が、思うまま気ままに過ごしえた場所である。彼ヘルメスは神ゆえに「緑の奥深い森」を自由に行動できる。ニンフはヘルメスに対してのみその美しい姿を見せる。愛の証である。

　　Real are the dreams of Gods, and smoothly pass
　Their pleasures in a long immortal dream. (*Lamia*, I, 127–28)

神々の夢は実在し、神々は　永遠の夢のなかに
自らの喜びを滑らかに滑り込ませる　（『レイミア』第一部、一二七―一二八）

神の世界に人間が入れるのはほんの一瞬に過ぎない。そこは美真の一致するところ。

第二部になると、ニンフ＝レイミア、ヘルメス＝リシアスの関係となる。このドラマティックな変化は、キーツの、その後における劇作品志向と無関係であるまい。変化は精神の現実回帰を意味している。リシアスの愛は人間のそれである。魂の“ethereal”状態は永続しない。

ところで、江戸中期の画家に伊藤若冲《じゃくちゅう》（一七一六―一八〇〇）がいる。彼の「鳥獣花木図屏風」は自然の本質を捉え、生きとし生けるものの楽園を描いている。人間も彼ら生きものたちと変わらないと考える視点は、縄文、アイヌと同じ次元である。

『日本書紀』を見よう。大物主神（大国主神の別名）の妻は「やまとととひももそひめみこと」（倭迹迹《とと》日百襲姫命）といい、天照大神の血筋を引く。夫が夜しか姿を見せないのに飽きたらず、ひるま、お顔みせてと乞う。夫は明朝、私はお前の櫛箱に入っている。しかし私の姿をみて驚かないようにと諭す。夜が明けて、そこに衣の紐のような小さい蛇を発見し、妻は大いに驚く。夫は人間の姿に戻り、大空を駆けて御諸山《おもろやま》に帰る。妻は悲しみ、陰部に箸を突き刺して死ぬ、というのである。(33) この場合、「驚く勿れ」は「見るな」の禁に通じる。箸を陰部に突き立てて死ぬは、縄文の子孫は残さないという意志表示であろう。オオクニヌシは縄文の祖神、アマテラスは弥生の祖神である。縄文時代は、人間も生き物の一つという要素が強かったが、弥生時代にいると現代に通じる物の考えかたに変

化していく。

閑話休題。レイミアはリシアスを心から愛することができれば、それ以上は何も望まなかった。純粋な愛は蛇性を人間性に変える。逆に、彼は美しい彼女を世間に誇示しようと望む。自己顕示欲は人間の人間たる所以、世俗性である。ポオフィロのマデラインを思う心に邪心＝世俗性の残る限り、マデラインの夢に未来の夫・ポオフィロが現れないのと軌をいつにする。また妖精の嵐の中に二人が旅立つのは「聖女アグネス祭」の前夜という恵まれた条件においてであった。

騎士が「妖精の洞窟」に永く留まれなかったのは、『レイミア』の第二部におけるリシアスとレイミアの関係と同じであろう。二人の結婚は異類婚譚に属し、「タブー」が付き纏う。リシアスは妻の秘密を漏らしてはならない。彼はレイミアを真実、愛しつづけるなら人間界には戻れない。そこは美しい瞳も明日を過ぎてはその輝きを保てないからである。

『エンディミオン』における、もの言わぬ神々の天空における会合[34]には、地水火風の精霊たちも加わる。彼らは人間の無意識といえる。

さて、パン＝火＝passionという前提において、幸福論を考えよう。

Dread opener of the mysterious doors
Leading to universal knowledge—　(*End.* I, 288–89)

幸福論の前にでてくる「パン賛歌」の一節である。パンは「宇宙のあらゆる知識に導く／神秘の扉を拓く恐ろしいもの」である。殆ど全能にちかい。リシアスとレイミアの魂は、無意識裡において、このパン神に支配されている。だが一瞬に過ぎない。

R・バートンの『憂鬱の解剖』における『レイミア』の挿話は、神々や小動物（精霊）と人間の愛が引き起こす「憂鬱」についての文脈の中で語られている。レイミアは愛ゆえに人間姿に戻ることを望む。だがリシアスに愛されることは正体を知られることになる。根源的に女の動物性は己の血と肉に基づく。愛が彼女を人間にする。女の本性であろう。レイミアが蛇と人間の両方を兼ねる矛盾に憂鬱がある。人間は動物であるが精神的にも生きうる。蛇女は憂鬱の象徴。She dwells with Beauty,—Beauty that must die; である。歓びはいつもその手を唇に当て、サヨナラを告げている。胸痛む快楽は蜜蜂が蜜吸う間にも、毒に変わる。ヴェールを被った憂鬱の女神の顔を見うるものは、彼女の力の悲哀を味わい、その戦利品 "trophies" のひとつに加えられるという。リシアスが息絶えることは、結局、レイミアの戦利品に過ぎなかったことを意味している。

蛇は古来、地下の地母神の使者とされてきた。地下的な存在、女性的なるもの、男性の無意識の象徴でもある。『レイミア』は憂鬱と美との融合の一瞬を物語るものであり、「つれない美女」の延長線上に捉えられる。何故なら、当てもなく、円環状に孤独、かつ色青ざめて彷徨する騎士には、O! For a Life of Sensation rather than of Thought! の精神性が滲みでているからである。彼はやがてニンフ・蛇女レイミアと出逢うことになる。結果的に息絶えて死ぬと捉えれば、一貫したストーリーになる。

古典的ではあるが、Lamia=a belle dame sans merci(35) は本質を捉えている。Lamia=The poetic imagination(36) にも異論はない。だが美—死＝静寂・自然＝永遠と捉えると、死は自然を媒介し甦り、生に通じる。そこに永遠のドラマがある。晩年のキーツはドラマ＝「劇」作品を目指していた。己が対象そのものに成りきること。『レイミア』創作もその線上にある。

注

（1）Stuart M. Sperry, *Keats the Poet.* (Princeton, NJ: Univ. Press, 1973), p. 233.
（2）Matthew Arnold, "John Keats", *Essays in Criticism*, introd. and notes by Kôchi Doi (1923; "Kenkyusha British & American Classics 124"; Tokyo; Kenkyusha, 1947), p. 193.
（3）Charles I. Patterson, Jr., *The Daemonic in the Poetry of John Keats.* (Cambridge: Cambridge Univ. Press, 1970), p. 4.
（4）*On receiving a curious Shell, and a Copy of Verses, from the same Ladies*, 36.
（5）Patterson, Jr., *op. cit.* p. 7.
（6）*Endymion*, Vol. II, 55–61.
（7）*Ibid.*, 98–99.
（8）*Ibid.*, 567–72.
（9）*The Eve of St. Agness*, 51–4.
（10）*Ibid.*, 192–3.
（11）*Ibid.*, 202.
（12）*Ibid.*, 276–78.

(13) *Ibid.*, 281–2.
(14) *Ibid.*, 289–92.
(15) *The Letters of John Keats*, ed. Hyder E. Rollins Vol. I, (Cambridge, Mass.: Harvard Univ. Press. 1980), p. 185.
(16) *The Eve of St. Agness*, 170–1.
(17) 井村君江『妖精大全』(東京書籍、二〇〇八) pp. 101–2.
(18) Lady Gregory, *Cuchulain of Muirthemne*, (1902; Gerrads Cross. Buckingshire: Colin Smythe Ltd., 1970), p. 211.
(19) Patterson, Jr., *op. cit.*, p. 136.
(20) *Ibid.*, p. 138.
(21) Cf. *Endymion* Vol. II. 129: *Lamia*. Part 1, 261; *The Fall*, I. 317. 他。
(22) 井村君江、*op. cit.*, pp. 103–4.
(23) *Ibid.*, p. 69.
(24) *Webster's Third New International Dictionary*.
(25) Stuart M. Sperry, *op. cit.*, p. 239.
(26) Werner W. Beyer, *Keats and the Daemon King*. (Oxford: Oxford Unv. Press, 1969), p. 42.
(27) *The Letters of John Keats*, ed. H. E. Rollins, Vol. II (Cambridge, Mass.:Harvard Univ. Press,1980). p. 91.
(28) Lady Gregory, *op. cit.*, p. 212.
(29) *Endymion*, Vol. IV, 819.
(30) *Ibid.*, 859.
(31) 井村君江、*op. cit.*, pp. 151–3.
(32) *Lamia*, Part 1, 144.

（33）『日本書紀』上巻（小学館、二〇〇七）p. 114.
（34）*Endymion*, Vol. Ⅳ, 33.
（35）Douglas Bush, *Mythology and the Romantic Tradition in English Poetry*, (London: W. W. Norton, 1965), p. 111.
（36）Claude L. Finney, *The Evolution of Keats's Poetry* Vol. II (Cambridge, Mass.: Harvard Univ. Press, 1936), p. 698.

二・「四妖精のうた」――地水火風

（一）

蛇にはファロスの暗喩がある。顔と上半身が女、下半身は蛇姿のレイミアは人間を貪り食うという。これは未開土人のかつての風俗習慣でもあった、「共食い」"cannibalism"キャニバリスム現象である。意味するものは何か？　相手の力・知識を我が物となし、己はいっそう強く賢く変身することになる。[1]

自然界には未開人が「守護神として崇める聖なる動植物」（トーテム――「広辞苑」）が存在する。「守護神」の異なる種族間の婚姻は人間と動物のそれに比せられたものの、しだいに同化していく。この「トーテム崇拝」"totemism"の根底に自然崇拝とアニミズムがある。[2] 鱒（鮭）を英知の象徴とし、食しようとすると鱒は美しい妖精に変身。彼女を追う詩人の精神の成長。W・B・イェイツのいうこのケルト民族の思考とも響き合う。「共食い」とトーテミズムを重ねてみよう。蛇はケルトのドルイド僧と表裏の関係（後述）にあると知れば、ある種の神聖さが漂う。ちなみに奈良・桜井にある三輪山《みわさん》に祀られている大国主命は巳《みー》さんと呼ばれ、御本体は蛇（巳）である。そしてレイミアは第一部において水の精"Naiad"であった。レイミアの悲劇は「冷たい学問」"cold philosophy"と「虹」"rainbow"の衝突にある。その前後を一瞥したい。

忽然と姿を現した幻の宮殿。二人の婚礼の式典が行われようとしている。やがて華燭の宴は酣となり、贅を凝らせた趣向に客人たちは満足する。だが不吉な予感が漂う。招かれざる客、賢者アポロニユウスも出席している筈である。こうして宴はクライマックスに近づく。レイミアがもとの蛇姿に戻る直前の大切な場面である。

Do not all charms fly
At the mere touch of cold philosophy?
There was an awful rainbow once in heaven:
We know her woof, her texture; she is given
In the dull catalogue of common things.
Philosophy will clip an Angel's wings,
Conquer all mysteries by rule and line,
Empty the haunted air, and gnomed mine—
Unweave a rainbow, as it erewhile made
The tender-person'd Lamia melt into a shade. (*Lamia*, II, 229–38)

　あらゆる魅力が
冷たい学問の唯ひと触れで消え去らないか？
かつて天空にひとを畏怖させる虹があった

われらがその横糸を知り　その織地を知ると
それは平凡な物の味気ない目録に入れられる
学問は天使の羽根を剪み切り
定規で線を引いてあらゆる神秘を征服し
精霊《すだま》飛ぶ空や小鬼棲む鉱山を空《から》にするだろう
虹をも織りほぐすだろう　むかしそれが
優しい現身のレイミアの影を溶かしたように　（『レイミア』第二部、二二九―二三八）

ここには文明と非文明の対立がある。「文明（学問、科学、知識）」は、定規で線を引いて「天使の羽根を剪み切り」、あらゆる神秘を分析し、平凡化する。神秘性は征服され、一切が「味気ない目録に入れられる」。アポロニュウスの冷たい視線がなければ、つまり、想像力が純粋な状態をそのまま続けられれば、空にはまだ精霊が飛び交い、地下の宝物（鉱山の金、銀、銅など）は、他者に侵される心配はなかった。そこには小鬼、レプラホーンが棲み、見張ってくれていた。そのような原初の頃には、天空に畏怖の念を起させる美しい虹が懸っていたのである。

レプラホーンたちが、地下の宝物を守っていてくれるという考えは、秩序の概念からきている。自分たちより以前に棲んでいるもとの所有者の物は決して荒らしてはならないという考え、――そこには先住者に敬意をはらう礼節がある。だが科学、文明の進歩は、このような敬虔な掟《おきて》まで否定してしまう。

ヨーロッパでは昔から鉄製の馬蹄、蹄鉄が魔除けとして用いられてきた。鴨居のところに吊るしておくと、妖精も悪戯を諦めるとされている。「鉄《アイアン》はヨーロッパの民話《フォーク・ロア》における妖精たちの魔法を破壊」する。歴史的には石器時代、青銅時代のあと鉄の時代が訪れる。

「鉄——冷たい鉄——はあらゆるものの支配者である」(3)

「冷たい鉄」はさきの“cold philosophy”に通じる。

『イソップ寓話』は人間と動物たちとの語らいを描いている。BC六世紀以前にその源泉を負うという。鉄の時代以前がその舞台であろう。小動物たち、小鳥たちの語らいの世界。大らかなゆめ誘う雰囲気がある。鉄器の製造は科学、学問、文明の到来を示し、妖精たちの消滅を意味している。

「石、青銅などの武器を用い、それが鉄器には役立たないと知った劣れる部族は、恐れ戦いて鉄を見た。さらに初期の時代は鉄の武器の製造が難しく、そのため希少価値があったので、そのことも与って力があった。鉄の導入は人類の進歩における大いなる転換点の一つである。そして新石器時代の穴や埋葬の塚に横たわる石の斧、矢尻を用いたいまは亡き死者たちが、後の時代の妖精になったように、鉄は彼らに打ち勝つ強大な力を持っていた。そして荒野で発見されたり、鋤で引っくり返されたりする彼らのかつての道具類は、農民たちにとって〈妖精の矢《フェアリー・ダーツ》〉、〈妖精の石《エルフ・ストーン》〉となったのである。」(4)

わが国の縄文時代終焉は弥生人のもたらした鉄器による。ところで科学、学問、文明が人間の心に影響を及ぼす以前に幅を利かせていたのが自然崇拝、パンシーズム‘pantheism’、アニミズムである。この時代は動物たちも樹木、石、川、泉などもみなたがいに会話が行われていた。しかし、“cold philosophy”の一触れが妖精の棲む美しいふる里を蹂躙してしまう。

（二）

妖精のふる里はケルトであり、ドルイドの世界である。聖パトリックは四〇五年頃、キリスト教を広めるためアイルランドにやってくるが、彼は土着の民間信仰をそのまま容認する。ドルイド教はその時代の原住民の生活と密着し、地水火風の精霊たちと絡み合っている。いうなれば異教主義の世界である。

ところでギャロッド編の『キーツ詩集』には、妖精を歌った小品三篇が含まれている。「四妖精のうた――火・サラマンダー、風・ゼファー、土・ダスケサ、水・ブリーマ」及び、「妖精のうた」二篇である。まず“Song of Four Fairies”―Fire, Air, Earth, and Water,―Salamander, Zephyr, Dusketha, and Breama―を中心に述べたい。

サラマンダー、ゼファーは周知の用語であるが、ダスケサ―Dusk（暗闇）、ブリーマ―Bream (fresh water fish)（水の精）である。「地の精」ダスケサは黒々した土のイメージ、「水の精」ブリーマは清澄なイメージをそれぞれ漂わせている。この詩は地水火風の合唱《コーラス》である。火と大地、水と空（風）はそれぞれ仲良し関係にある。末尾においてはこの四妖精がオーガニックに、眼に見えない魔法使いに自由自在に操られる相《すがた》を描きだしている。以下、詩の引用によって論をすすめたい。

Salamander

Happy, happy glowing fire!
Dazzling bowers of soft retire,
Ever let my nourish'd wing,
Like a bat's, still wandering,
Faintly fan your fiery spaces,
Spirit sole in deadly places. (5–10)

サラマンダー

幸福な　幸福な　燃え上がる火よ！
優しい奥処のあずまやを照らしだし
わが養う翼に煽らせてくれ　こうもりの翼のように
つねに彷徨い飛びながら　お前の
炎《ほのお》の広がりを息とだえるほど煽らせてくれ

死んだように奥にひっそりいる精霊を煽らせてくれ　（五―一〇）

Adder-eyed Dusketha, speak,
Shall we leave these, and go seek
In the earth's wide entrails old
Couches warm as their's are cold?
O for a fiery gloom and thee,
Dusketha, so enchantingly
Freckle-wing'd and lizard-sided! (68–74)

蝮《まむし》の眼をもつダスケサよ　語れ
われらここを去ろうではないか　そして行こう
太古の地球の広大なる内部へと温かい臥床もとめて
そこは冷たいかも知れないが？
おお　焔《ほのお》のような暗闇が欲しい　お前
かくも魅惑的なるダスケサよ
斑模様の翼　とかげの脇腹もつものよ！　（六八―七四）

ここでは、地球内部はあかあかと燃え、大地と火は一体となっている。遠い遥かな昔、山は火を噴き、溶岩が流れ、水が押し出された。歳月とともに霜や氷のいわば鋭い鑿《のみ》によって固い岩石はうち砕かれ、風化し、土になっていった。それが大地の歴史である。キーツによると「土」は「蝮の眼」「斑模様の翼」「とかげの脇腹」をあわせ持つ。そこに大地の精霊が息づいている。蝮、斑模様、とかげは、蛇＝ドルイドと結びつく。「サラマンダーは火の精霊でトカゲに似た動物」（ＯＥＤ）でもある。ダスケサはサラマンダーに答えている。

Dusketha

Spirite of Fire, I follow thee
Wheresoever it may be,
To the torrid spouts and fountains,
Underneath earth-quaked mountains;
Or, at thy supreme desire,
Touch the very pulse of fire
With my bare unlidded eyes. (80–86)

ダスケサ

火の精霊よ　わたしはあなたについて行く

たとえそれが何処であろうとも
灼熱の噴水　泉の辺りであれ
大地の揺れる山々の地の底であろうとも
或いはあなたの至高の欲求の命じるままに
焔の芯の脈打つ鼓拍に指触れもしよう
目瞬きもせず　まじまじと眼を見開いたまま　（八〇―八六）

トカゲもどきの火の精と蝮の眼をもつ土の精はいわば主従関係を思わせる。いっぽう、水の精と空（風）はどうか。

Breama
Zephyr, blue-eyed fairy, turn,
And see my cool sedge-buried urn,
Where it rests its mossy brim
'Mid water-mint and cresses dim;（31-34)

ブリーマ
風《ゼファー》の精よ　碧《あお》い眼の妖精よ　振り向いて

わたくしの涼風誘うすげの葉に覆われたつぼを見てください
水はっか　と　くすんだ色のからし菜の間に
苔の生えた縁を横たえているつぼを　（三一—三四）

Love me, blue-eyed Fairy true,
Soothly I am sick for you. (39–40)

愛してくださいわたくしを　誠実な碧い眼の妖精よ
真実　わたくしは貴方を慕っているのです（三九—四〇）

火と土、風と水の精霊たちはそれぞれ男性と女性の関係を思わせる雰囲気である。山の噴火、流れでる溶岩と水。そこに地衣類、蘚類 (mossy) が生え、土壌は形成される。天地の始まりから地水火風の饗宴はあった。そしてブリーマの求愛のうたに風は応える。

Zephyr—
Gentle Breama! by the first
Violet young nature nurst,

6. 水 or 湖の精（ニンフ）

I will bathe myself with thee,
So you sometimes follow me
To my home, far, far, in west,
Beyond the nimble-wheeled quest
Of the golden-presenc'd sun:
Come with me, o'er tops of trees,
To my fragrant palaces,
Where they ever floating are
Beneath the cherish of a star
Call'd Vesper, who with silver veil
Ever hides his brilliance pale,
Ever gently-drows'd doth keep
Twilight for the Fayes to sleep.　(41–55)

ゼファー

心優しいブリーマ！　若い生命溢れる自然が育てた
ういういしい菫の花のかたわらで
わたくしはおまえと水浴みしたい

そしたら　時にはおまえはわたくしのあとを追いかけて来よう
遠い遥かな西にあるわたくしのふる里へ
黄金色に輝く日輪の目くるめく車輪回る疾駆も
追いつけない程　遥かなる西の彼方の。
わたくしと一緒に来るがよい　木々の梢を飛び越えて
芳香の薫るわたくしの宮殿へ
彼方では宮殿は浮かび漂う
宵の明星と呼ばれる星の慈しみのもと。
この星は白銀のヴェイルで
つねに青ざめた光輝を内に秘め
いつも優しくまどろんで引き留めるのだ
妖精たちが眠れるようにと黄昏の去りゆくのを　（四一―五五）

I love thee, crystal Fairy, true!
Sooth I am as sick for you! (62–3)

わたくしはおまえを愛する　真実溢れる水晶のような妖精よ！
心からわたくしはおまえに魅かれている　（六二―三）

水と風の相聞歌がここにはある。妖精たちの国は空の彼方、波の遥か彼方の西の国である。この「西の遥か彼方の国」こそ、妖精の祖先である女神ダヌーの一族トゥアサ・デ・ダナンが、大昔、巨人族との戦いに敗れ、逃れて行った常若の国ティル・ナ・ノグに他ならない（後述）。さりながら、地水火風の妖精たちは、それぞれに睦み絡み合っている。詩の末尾近くでは次の描写がある。

Salamander

Sweet Dusketha! Paradise!
Off, ye icy Spirits, fly!
Frosty creatures of the sky!（87–9）

サラマンダー

いとしいダスケサよ！　楽園へ！
去れ　おまえたち氷の精霊よ　飛び去って行け！
大空の凍れる生きものよ！（八七—九）

Dusketha

Breathe upon them, fiery sprite!（90）

ダスケサ

凍れる生きものたちに息をかけよ　燃える精霊よ！（九〇）

ゼファーとブリーマ

飛び去れ　去って我らを喜ばしめよ！（九一）

四妖精（精霊）たちは冬の凍れる精霊たちを去らせようとする。「息かけよ」「燃える精霊よ」と互いに競い、励まし合って冬から春への衣替えに移るのであろう。魔法の杖姿のドルイド僧に操られる精霊たちが重なる。「精霊の住む四大要素はシルフ（大気）、ノーム（土）、ニンフ、サラマンダー」（OED）でもある。サラマンダーには山椒魚の意味もある。オオサンショウ魚は再生能力が高い。シルフは乙女の精にもなる（ポウプ『髪の毛盗み』）。つづく「妖精のうた」二篇“Fairy Song”('Ah! woe is me)と“Fairy's Song”('Shed no tear')は、自然の精霊としての妖精をいっそう具体的に描きだしている。

Faery Song

Ah! woe is me! poor Silver-wing!
  That I must chaunt thy lady's dirge,
And death to this fair haunt of spring,
  Of melody, and streams of flowery verge,

Poor Silver-wing! ah! woe is me!（1-5）

妖精のうた

ああ悲しいかな！　哀れなる銀の翼よ！
わたくしがおまえの女王の挽歌をうたわなければならないなんて
メロディ溢れる春の美しい棲み家と
花に縁どられたせせらぎの生命の終焉――
哀れなる銀の翼よ！　ああ悲しいかな！　（一―五）

妖精の女王の死を悼む挽歌、哀傷歌である。花の盛りは一瞬。だが満開のまさにそのとき、妖精の女王はその場に君臨している。人は想像力、雰囲気でそれを感じる。だが時移ろい、風も加わり、百花狼藉、無残なりとなる。「これらの花びらがおまえの女王の棺《ひつぎ》を雪のように蔽い埋める」のだが、「溶けていく呪文に枝垂れる花々」の上を「銀の翼」を打ち振って飛翔する小鳥か蝶に似た妖精の姿は、想像力豊かな、感性に富む詩人にしか心の眼には見えない。逝く春とともに小鳥か蝶に似た姿をしている妖精の女王も死ぬ。夏から秋であれば、空しくころがる蝉の亡骸は象徴的。蝉は夏の妖精のアナロジーの側面をもつ。季節の移ろい。儚い生命の挽歌。青春にしても同じこと。美しい女性に胸ときめかなくなったとき、青春を司る妖精は去る。人はこうして老いていく。――小鳥、蝶そして妖精の女王、かれらはみな自然の精霊たちにほかならない。

Fairy's Song—

Shed no tear—O, shed no tear!
The flower will bloom another year.
Weep no more! O! weep no more!
Young buds sleep in the root's white core.
Dry your eyes! Oh! dry your eyes,
For I was taught in Paradise
To ease my breast of melodies—
Shed no tear. (1–8)

Overhead! Look overhead!
'Mong the blossoms white and red—
Look up, look up. I flutter now
On this flush pomegranate bough.
See me! 'tis this silvery bill
Ever cures the good man's ill.
Shed no tear! O shed no tear!
The flower will bloom another year.

Adieu, Adieu—I fly, adieu,
I vanish in the heaven's blue—
Adieu, Adieu!（9–19）

妖精のうた

泣かないで——ああ　泣かないで！
花は来年また咲くだろう
泣くのはお止め！　ああ！　もうおやめ！
若い蕾は樹の根の白い芯のなかで眠っているもの
眼を拭いて！　さあ！　涙をお拭きよ
わたくしは天国で教わったよ
メロディ溢れるこの胸を和らげる術を—
だからもう泣かないで（一—八）

ごらん　頭のうえを！
白い花　赤い花　とりどり咲くなかを
さあ　上を見て——わたくしはいま飛んで行く
この茜色した柘榴の枝のうえを

ごらんよ　わたくしを！　この銀色のくちばしを
いつも心の美しい人の病いを癒している口ばしを
泣かないで！　ああもう泣かないで！
花は来年また咲くのだから
さようなら　さようなら――わたくしは飛んで行く　さようなら
わたくしは青い天のなかに消えて行く――
さようなら　さようなら！　（九―一九）

このようにもう一篇の妖精のうた「泣かないで」も、自然の精霊・妖精をうたっている。「樹の根の白い芯の中で眠っている」花の精は、明くる年にまた蕾を膨らませ、花を綻ばせる。それが天の摂理、自然の営みであるのなら、まさに天行健なりである。

Where the bee sucks, there suck I:
In a cowslip's bell I lie;
There I couch when owls do cry.
On the bat's back I do fly
After summer merrily.
Merrily, merrily shall I live now

Under the blossom that hangs on the bough. (*Tempest*, V. 1. 88–94)

蜂が蜜吸う　わたくしも吸うよ
桜草こそわが臥床《ふしど》
ふくろう啼けばおやすみ時間
こうもりの背に乗り　飛んで行く
楽しく夏を追いかけて
愉快に生きていきましょう
枝から垂れた花々のもと　（『テンペスト』第五幕、第一場）（八八―九四）

エアリアルの歌ううたである。「蜜蜂」「桜草」「ふくろう」「こうもり」「花々」はみな夏の精霊の分身である。イギリスのこの季節はまさに地上の楽園。フェアリー・ランドの地上版。だがそれもしばしの間。秋こぬと目にはさやかに見へねども風の音にぞ驚かれぬる。立秋とともに夏の精霊は去る。ローマでは八月一五日を迎えると盛夏は終わる。この印象は否定し難い。夏のエセンスが何処ともなく失せていく。

さてここで「四妖精のうた――火・風・土・水」の最後の部分について説明を加えたい。

Breama
Me to the blooms,
Blue-eyed Zephyr, of those flowers
Far in the west where the May-cloud lowers;
And the beams of still Vesper, when winds are all wist,
Are shed thro' the rain and the milder mist,
And twilight your floating bowers. (95–100)

ブリーマ
　わたくしを花々の盛りの季節に
みちびいて欲しい　青い眼のゼファーよ
遠い遥かな西の国に　そこは五月の雲が低く垂れている処
凪がすっかり静まると　もの言わぬ宵の明星の光が
遍く射してくる　雨と和やかな霧を通して
天に浮かび漂うおまえの宮殿を仄かに照らす　（九五―一〇〇）

水（ブリーマ）と凪（ゼファー＝西風）との仲睦まじい姿の圧巻である。妖精の国、常若の国、楽園、遥かなる西の国とたびたび言われてきた処であるが、そこへの道は「天の川」"Milky Way"、「虹」

"Rainbow"であったりする。[5] それらは『銀河鉄道の夜』と交錯してくる（後述）。瞬きのうちに出現するこの理想の国は、想像力と深く関わりあっている。ここでケルトの異界について語りたい。

（三）

アイルランドにおいては、この世と死後に我々が赴く世界は遠く隔たっていない。[6]

多くの者たちは眠りのなかで常若の国へ行く。ある者たちはそのままそこに留まり、空しい形骸《むくろ》だけ現世に戻される。魂の存在を刻印する眼差しの輝きもなく。[7]

フェアリー・ランドは、非現実的な神韻縹渺とした幻想の国ではない。この淵源を究めるにはケルトの他郷、異界思想にまで遡らなければならない。"Other World"の思想にこの民族特有の妖精信仰が胚胎する。ケルト民族は二つの領域に異界を考えた。ひとつは「海の彼方」で、他は「地底の国」である。だがなぜ、彼らの考えるフェアリー・ランドがこの二つの領域でなければならないのか？これについては（一）神話（縮小化した古代の神々）、（二）歴史（滅亡した古い種族の記憶）、（三）宗教（死者の魂）の三者からの考察[8]が便利である。勿論、これらの視点はそれぞれ重層する要因をもつ。この点を踏まえて論をすすめたい。

さてケルトの古代神話はトゥアサ・デ・ダナン(Tuatha Dé Dannann)に始まる。すなわち、Tuatha(種族・国民、'nation')、Dé(神)、Dannann(ダーナ、of Dana)言いかえると「女神ダヌーの種族」となる。ケルト神話の地母神ダヌーより生まれた数々の種類の神々の謂である。紀元前五〇五年頃、この一族は戦いに敗れ、海の彼方の領域(洞窟)に逃れることになる。そこは海に浮かぶ西方の理想の国。海上に想定された楽土で常若の国と言われている。四方を海に囲まれたアイルランドに住むケルト民族の憧れと願望が込められている。

いっぽう、地下に逃れたとされるトゥアサ・デ・ダナンについて。この女神神族は、人間のような種族であるが、勿論、人間ではない。客観的には死んでいるものの、主観的には全く生きていて意識もある。[9] 彼らは死者の神である。山腹の洞窟に隠れ住んだといわれる(土塚=mound、円形土砦=Rath、石塚=cairn)。そして丘になった土塚を古代ゲール語でシー Sidhe と呼ぶ。Sidhe にはまたお化け《ゴースト》、幽霊《ファントム》、妖精たちの住居、宮殿、中庭、広間の意味もあった。だが時の経つにつれ「塚の住人、丘の人々」といわれ、親しまれてきた。『アーマーの書』*"The Book of Armagh"* によると、Sidhe=gods of the earth, dei terreni の意味がある。[10] そして遂には超自然の力をもつ妖精に人々の心の中で変容を遂げていく。農民たちの日常生活に深く関わっているため、彼らは、崇め生贄をささげることを怠ることはなかった。こんにちでも夜になると食べ物を用意し、妖精に供しているという。妖精は彼らにとっては穀物を実らせ、牛の乳の出をよくしてくれる農耕の神、守護神にほかならない。戦に敗れ、「もはや崇拝されなくなったトゥアサ・デ・ダナンは、捧げられる供え物もなく、わずか身長二、三十センチほどになり、人々の想像力のなかに棲む」[11] という言葉には、地下に逃れたトゥアサ・デ・

ダナンがSidhe=Fairesとなり、土の神、農耕の神、民間信仰の神にしだいに変容していくプロセスがこめられている。

妖精の歴史は聖パトリックの寛容なる布教姿勢と深くかかわっている。紀元四三二年頃における彼のキリスト教の布教の功績は、その土地の民間伝承による土俗信仰を保護し、大切にした点にある。その一貫した姿勢は、イギリス本土の他の地域とは一線を画し、邪教神、デーモン、デヴィルなども排除されることなく、さまざまな精霊たちは温かい眼差しで保護され、みな妖精として包含されてきた。

たとえば、死者の祭りをアイルランドではサウイン"Sauin"と称し、この日だけ洞窟、丘、地底などの地下宮殿は開かれている。妖精たちがこの日の支配者である。従者を伴い、かつての英雄たちがこの島を再訪する「妖精の騎馬行」(フェアリー・ライド)もこの日と信じられている。サウインはまたキリスト教によるハローウイン"Halloween"＝万霊節・十月三十日にあたる。

このような例もある。女神ダヌーはむかし民間ではブリギット"Brigit"と呼ばれた地母神であった。だがキリスト教が入って後も同じように崇められ、遂には聖ブリジットと混同され、信仰の対象となり、やがて妖精に組み込まれていった。(12)

E・ウエンツによると、作者不明だが、詩作品「オウェイン・マイルズ」"Owayne Miles"が、聖パトリックの煉獄とケルトの異界の類似性を証明してくれる。この作品はヴァージルの『アエネーイス』(冥府への旅)に比較される。すなわち、洞窟に閉じこめられた主人公サー・オウェインが、いかにしてこの洞窟の深奥にまで突きすすむことができたかを描いている。巡礼の途中、さまざまなデーモン、幽霊、悪霊たちに会うが、魔法の橋《マジック・ブリッジ》を過ぎると、身は安全となり、やがてアダムとイヴがリンゴを食する以前に住んでいた楽園にみちびかれて行く。ここで食べ物が出されるが、食べると現世に帰るのが厭になる。このとき声がする。大切なことは、地上のほんらいの生活に戻り、ふつうの人間の生活を営むこと、天に召されるまでは地上でしっかり生きよ、というのである。そこで彼は考え直し、ふたたび洞窟の入り口まで旅をつづける。しかし、帰途は短くかつ楽しかったらしい。重要な点は、魔法の橋を渡って到達しえた洞窟の深奥部は、キリスト教における天国のアナロジーである。[13]このようにキリスト教の影響によって妖精の洞窟が神聖化され、公認された意義はきわめて大きい。この詩の内容は「つれない美女」との共通点を匂わせるものがあり、妖精詩に神秘性を加える。

また聖パトリックの煉獄の地として知られる「ロッホ・デルグ」"Lough Derg"（赤い湖＝Red Lake）がある。この湖は今日でも罪を純化する聖地のメッカである。早くから異界への入り口として知られていた。この湖にはドルイド僧と蛇をめぐる伝説がある。すなわち、聖パトリックはアイルランド中の蛇（ドルイド僧）をこの湖に追いやり、ここで彼は蛇と最後の戦いを挑む。アイルランドの人々はこの湖がドルイド僧の最後の拠点であったと信じているという。以来、聖パトリックはドルイド僧と手を結ぶ。それ故、蛇はドルイド教、あるいはペイガニズムを象徴[14]することになる。

死者の魂の案内者はドルイド僧である。かれらは最高の知識人で、太陽崇拝、自然崇拝の祭司であった。"Druids"という語の起源はゲール語からきていて「樫の木」"oak"を意味している。樫の木の沢山ある林の中（そこは十字架や聖人セイントの像も配されていた）においてドルイド僧たちの集会が行われ、一切の宗教儀式も営まれたようである。杖として用いられたリンゴの樹の枝。リンゴには知識の比喩がこめられている。この杖は異界への道を拓くパスポート。厳しい修行を積んだ後、この杖を身に帯びるようになったドルイド僧のひと叩き。岩にも丘にも、忽然として異界に通じる入り口が出現すると信じられていた。勿論、この場合、岩も丘も死者の住居であり、精霊の住み家である。ここに物神主義《フェティシズム》（呪物主義）がある。さらにこの物神主義がアニミズムと結び付くところに、ケルト民族の霊魂不滅と輪廻転生の宗教がある。アニミズムとは、自然界のあらゆる事物は、具体的な形象をもつと同時に、それぞれ固有の霊魂や精霊などの霊的存在を有するとみなし、諸現象はその意思や働きによるものと見なす信仰をいう。宗教の原初的な超自然観の一つである（広辞苑）。

現世と異界がリンゴの樹の枝の杖の一振りで繋がるという発想は重要である。異界は自らが住み、耕作する大地の下に拓けている。喜怒哀楽によって織りなされる日常生活の延長線上に異界がある。農民たちは土地の霊、超自然の生きものたちと一緒に暮らしているという喜び、安心感を抱いていた。いうなれば地水火風の精霊たちと同居していたことになる。生きとし生けるものは人間と対等であり、伴侶、仲間、友達であった。(15)

いかなる生命のない物体も精霊の住居になりうる。また死者の精霊は肉体を離れ——他の動物、植物、岩、その他の物体に入るので、これらの物体は何か尊敬されるべきものと見做されるようになった。そしてそれらの物体には公然と捧げものがなされるのである。(16)

「いかなる生命のない物体も精霊の住居になりうる」という考え。死は現世から異界へ旅立つことであり、生は再び帰ってくることと考えるドルイド教は、霊魂不滅と輪廻転生を旨とする。太陽崇拝、自然崇拝、星占い、汎神論、アニミズムを信仰の基本に据えるかれらにとって、死は新しい生の始まりにほかならない。そして人間の生命と自然、動植物の生命とは密接な関係があることになる。そこには眼に見えない力があらゆる生命あるものを支配し、作用しているという考えがある。かれらにとって死は一時的なもの、魂がつぎなる転生を待つ間のいわば休息状態に過ぎない。

アイルランドの農民たちは、日々の営みの折、ふと見かける小鳥、蝶、蟲、兎、リスなどの小動物、あるいは生きものたちに心からの親しみを抱く。人間の生まれ変わりの仮そめの姿と思えば、かれらの素朴さは充分に納得できよう。自然の生命を支配している眼に見えない力というのは、イエイツのいう「大霊、世界霊」“Anima mundi”であろう。ヘラクレイトスの万物流転説、古代東洋のバラモン思想、「神は自然の全てを生かす大霊である」も関連性がある。テニスンは「人間は永遠にむかって死んでいく」(『イン・メモリアム』)とうたう。

さて「四妖精のうた」は地水火風の精霊たちの仲睦まじいコーラスと饗宴、さらに西方の波の彼方に常春の国、永生の国が横たわっているという示唆がある。それが春の息吹と重なることはすでにみてきた。

キーツの「ロビン・フッド」も妖精詩にちかい。自然が知識、科学、学問によって分析され、侵される以前の中世礼賛の詩であるが、『レイミア』の「虹」の描写の個所はこの「ロビン・フッド」とイメージ的に重なる。すなわち、太古にあって虹はあるがままに受け入れられ、美しく、天空に精霊《すだま》が飛び交い、鉱山はレプラホーンに守られていた。こうして、現実はフェアリー・ランド的要素をもっていた。現在からみれば時空に逆行する郷愁詩である。また「つれない美女」は丘・洞窟という異界の入り口、さらに湖の麗人《ダーム・デュ・ラック》の暗示。そこには中世に対する憧憬がある。「ナイティンゲールの賦」第七連・終三行は、キーツの妖精詩全体を鳥瞰する構図、雰囲気を反映している。

The same that oft-times hath
Charm'd magic casements, opening on the foam
Of perilous seas, in faery lands forlorn.（訳は九四頁）

『エンディミオン』における地水火風＝大地・地底・海底・天空の物語はそれぞれ想像による異界描写と位置づけることも可能であろう。「第一巻」の泉の辺りの蝶は水の精霊である。レイミアの前身――ニンフは水の精（*Lamia*, I. 261）であった。キーツ詩には"Naiad"がたびたび登場する。「パン讃歌」は大地のみならず、水火風の精霊頌歌である。

　そして「妖精のうた」二篇は、満開の花には花の精霊、季節の精霊がいるということをうたう。したがって花が散るとき咲かせていた妖精の女王も死ぬ。死を悼む挽歌である。これら二

7. ダイアナとエンディミオン

篇の基底にひびく微かな底音は、すべては神の思し召しという宇宙の大霊、世界霊の存在肯定となる。
中世を代表する「アーサー王伝説」は、「過ぎて行くアーサー」“passing Arthur”の一語が物語るように、「霊魂不滅、輪廻転生」の含意がある。シェイクスピアの『夏の夜の夢』は中世の妖精的雰囲気を反映させている。精霊たちによる極楽浄土再現の可能性を示唆。十九世紀に入ると代表格はK・ブリッグスの言うようにキーツとなる。

フェアリーの伝統はキーツには非常に身近なものであった。彼は「つれない美女」において、どちらかといえば沈滞ぎみの中世詩を人々の心に喚起させる題名を選んだ。そして英語で書かれた最も美しいフェアリーの詩となしたのである。この主題は彼には魅力的であったらしい。なぜなら、蛇女としてよく知られた『レイミア』においてそれを充分に発揮させたからである。(17)

彼の妖精詩は、すでにみてきたように自然崇拝、アニミズムを基底に秘め、現実への問いかけがあった。その意味において『レイミア』の創作時期――F・ブローンとの愛欲の葛藤、蛇＝ファロスの隠喩、霊肉の争いの視点は欠かせない。「四妖精のうた」における「ダスケサ」のドルイド僧への示唆は興味ふかい。さらにサラマンダーには「誘惑にめげずに純潔に生きる女性」、「真の美（real beauty）、明らかな美徳（avowed virtue）」の意味がある（ＯＥＤ）ことを指摘したい。大地の深奥に火の精が宿り、山が噴火し、溶岩が流出。歳月と共に、氷、霜、雪の鑿によって溶岩は削られ、風化して地衣類、蘚苔類が生じ、徐々に土壌が形成されていく。サラマンダー（トカゲ）は蝮の眼をもつ土壌と繋がる。オオサンショウ魚“great salamander”は再生能力がきわめて高いという。[18] キーツの潜在意識における妖精観、さらに「秋」に通じる豊穣性への憧れがサラマンダーに現われていないか？死を予感した詩人のケルト的異界思想がここにはある。キーツ以後、妖精思想は大まかにいうと児童文学と重なるが、論者はこの小論において、キーツ詩の多義性、曖昧性の一端を占めるアニミズム的妖精詩の延長線上に、あえて宮沢賢治の作品の幻想的自然観を指摘したい。

注

（1）*The Folklore of Fairy-Tale*, by M. Yearsley. p. 54 (1924), London Watts & Co. Johnson's Court, Fleet Street, E.C. 4.
（2）*Ibid.*, p. 55.
（3）*Ibid.*, p. 96.
（4）*Ibid.*
（5）*Ibid.*, p. 15.
（6）*Mythologies*, by W. B. Yeats (London, Macmillan & Co, Ltd., 1962) p. 98.
（7）*The Fairy-Faith in Celtic Countries*, by W. Y. Evans Wentz, (Colin Smythe Humanities Press., 1988), p. 332.
（8）『妖精の系譜』井村君江、p. 277 (1988) 新書館。
（9）W. Y. Evans Wentz, *op. cit.*, p. 290.

（10）*Ibid.*, p. 291.
（11）*Irish Fairy and Folk Tales*, ed., by W. B. Yeats. (The Modern Library, New York, 1902), p. 1.
（12）W Y Evans Wentz, *op. cit.*, p. 284.
（13）*Ibid.*, pp. 445–7.
（14）*Ibid.*, pp. 442–4.
（15）M Yearsley, *op. cit.*, p. 51.
（16）*Ibid.*, p. 70.
（17）*The Fairies in Tradition & Literature*, by K M Briggs, (Routledge Kegan Paul, London, 1968), p. 169.
（18）東京朝日新聞二〇一四・八・三十朝刊・be-e6面。京都大学・阿形清和教授・研究グループの資料による。

三　宮沢賢治の妖精──自然観

五世紀以後、数世紀にわたるアイルランドの神話的ロマンスに見出される幸福な異界のヴィジョンは、キリスト教以前のものであることはすでに述べた。

死はこの世から異界に旅立つこと。しかし、再生の視点に立つとき、仏教、キリスト教、ドルイド教、プラトン思想はみな同じ側にあるといえる。仏教には因果応報が加わる。ケルト的思考によると、死者は小鳥、草花、小動物の精霊に再生する。彼らの考えは日常生活に浸透している。地水火風の精霊たちは農業の守護神となる。キーツの妖精詩に自然崇拝、アニミズムがあり、地水火風は想像力の問題となる。

宮沢賢治は、自然の中で人間は生かされていると考える。生きものはみな平等であり、万物の霊長など存在しないとする彼は、鉱物、森羅万象にまで人格、感情を与えて擬人化する。象徴的なコトバで始まる「春と修羅」（『春と修羅』）を見てみよう。

心象のはいいろはがねから
あけびのつるはくもにからまり

8. 収穫・豊穣の角をもつ女神

のばらのやぶや腐植《ふしょく》の濕地
いちめんのいちめんの諂曲《てんごく》模様（一—四）

「春」は「生」の宇宙への広がりであり、「春」がもつ屈折した性的欲望は賢治という個人に収斂《しゅうれん》される。情熱は火。彼は枯れた葉、草の混じる泥土の「腐植の湿地」—地水の融合は煩悩の温床、修羅の場と考え、内なる煩悩の激しさ、葛藤を示す「諂曲《てんごく》模様」と呼応させる。この詩は己の生を地水火風の饗宴に参入させ、修行僧さながら内なる自己との戦いを通し、大いなる真の幸せ探求の苦悩を滲ませる全作品のプロローグとなっている。

彼の作品を分かりやすく、含蓄のある身近なものとして理解するに際し、先ず花鳥寓話の「おきなぐさ」を取り上げたい。植物の成長そのものが地水火風の饗宴と関わりあっている。「おきなぐさ」（翁草）は「うずのしゅげ」ともいう。「私」という「語り手」によるいわばバラッド風の物語はこうして始まる。

うずのしゅげを知ってゐますか。
うずのしゅげは、植物学ではおきなぐさと呼ばれますがおきなぐさといふ名は何だかあのやさしい若い花をあらはさないやうにおもひます。
そんならうずのしゅげとは何のことかと云はれても私にはわかったやうな亦わからないやうな気がします。……

……うずのしゅげといふときはあの毛莨科《きんぽうげくわ》のおきなぐさの黒繻子《くろじゅす》の花びら、青じろいやはり銀びろうどの刻みのある葉、それから六月のつやつや光る冠毛がみなはっきりと眼にうかびます。まっ赤なアネモネの花の従兄、きみかげさうやかたくりの花のともだち、このうずのしゅげの花をきらひなものはありません。

ごらんなさい。この花は黒繻子ででもこしらへた変り型のコップのやうに見えますが、その黒いのはたとへば葡萄酒が黒く見えると同じです。この花の下を始終往《い》ったり来たりする蟻に私はたづねます。

「おまへはうずのしゅげはすきかい、きらひかい。」

蟻は活発に答へます。

「大すきです。誰だってあの人をきらひなものはありません。」

……

「そしてあの葉や茎だって立派でせう。やはらかな銀の糸が植ゑてあるやうでせう。私たちの仲間では誰かが病気にかかったときはあの糸をほんのすこうし貰って来てしづかにからだをさすってやります。」……

蟻が大好きと告白するうずのしゅげの葉や茎の繊維が、彼らの仲間の病気回復に役立つのである。植物と虫、小動物との交歓。彼らは「私」によって擬人化される。さらに山男も食をわすれ、うずのしゅげを見つめるというくだりがある。人と植物との仲睦まじい交歓の一風景。

お日さまは何べんも雲にかくされて銀の鏡のやうに白く光ったり又かゞやいて大きな宝石のやうに蒼ぞらの淵にかかったりしました。

山脈の雪はまっ白に燃え、眼の前の野原は黄いろや茶の縞になってあちこち掘り起された畑は鳶いろの四角なきれをあてたやうに見えたりしました。

おきなぐさはその変幻の光の奇術《トリック》の中で夢よりもしづかに話しました。……

……

「おい、ごらん。山の雪の上でも雲のかげが滑ってるよ。あすこ。そら。こゝよりも動きやうが遅いねえ。」……

「いいや、あすこから雲が湧いて来るんだよ。そら、あすこに小さな小さな雲きれが出たらう。きっと大きくなるよ。」

「ああ、ほんたうにさうだね、大きくなったねえ。もう兎ぐらゐある。」

「どんどんかけて来る。早い早い、大きくなった、白熊のやうだ。」

お日さまが、銀の鏡、宝石のようであったり、雪、雲、野原、畑が生き生きしている。たぶん眼には見えない風が吹いているのかも知れない。「語り手」がおきなぐさの視点に立っている。植物は大地で育つ。季節は移る。

春の二つのうずのしゅげの花はすっかりふさふさした銀毛の房にかはってゐました。……

……その二つのうずのしゅげの銀毛の房はぷるぷるふるへて今にも飛び立ちさうでした。
……

綺麗なすきとほった風がやって参りました。まづ向ふのポプラをひるがへし、青の燕麦《オート》に波をたてそれから丘にのぼって来ました。

うずのしゅげは光ってまるで踊るやうにふらふらして叫びました。

「さよなら、ひばりさん、さよなら、みなさん。お日さん、ありがたうございました。」

そして丁度星が砕けて散るときのやうにからだがばらばらになって一本づつの銀毛はまっしろに光り、羽虫のやうに北の方へ飛んで行きました。そしてひばりは鉄砲玉のやうに空へとびあがって鋭いみじかい歌をほんの一寸歌ったのでした。

私は考へます。なぜひばりはうずのしゅげの銀毛の飛んで行った北の方へ飛ばなかったか、まっすぐに空の方へ飛んだか。

最後に「語り手」の「私」はいう、うずのしゅげの魂は天上に上って二つの小さな変光星になったと思うと。ひばりは追いつけなくなったとき、別れの歌をうたったのだと。

ここには地水火風の饗宴―天地の交流がある。彼の自然観察がそのまま一篇の光学的抒情寓話になっている。逝く春の愁いを帯びた愛《かな》しさが、舞い上がりうた歌う雲雀のすがたに象徴されている。

さきのE・ウエンツの、死者の魂は他の動物、生き物、岩などに入り込むというコトバには含蓄がある。森が人間扱いされている好例として、『狼森《オイノ》と笊森《ざる》、盗森《ぬすと》』を挙げたい。これは何か隠される度に、「探しに行くぞお」と問いかける農民に、「来《こ》お」と答える森と人間の物語である。

小岩井農場の北に、黒い松の森が四つあります。いちばん南が狼森《オイノ》で、その次が笊森《ざる》、次は黒坂森、北のはづれは盗森《ぬすと》です。

この森がいつごろどうしてできたのか、どうしてこんな奇体な名前がついたのか、それをいちばんはじめから、すっかり知ってゐるものは、おれ一人だと黒坂森のまんなかの巨きな巖《いは》が、ある日、威張ってこのおはなしをわたくしに聞かせました。

こうしてこの森と人間の物語は始まる。

動物寓話には「雪渡り」を挙げたい。これは人の子、四郎とかん子、狐の子の紺三郎との真実溢れる魂の交歓物語である。――狐は人をだます。いったい何時頃からこのような誤った考えを人間は抱くようになったのか。お互いに信があれば通じ合うものでないのか？　賢治は狐の口を通して誤った常識を否定しようとする。欺かれたというのは、その人が深酒飲んでいたため、前後の記憶がないのである。雪の凍った月夜の晩、約束通り狐の幻燈会に四郎とかん子は招かれる。上映される内容の第一幕は、「お酒をのむべからず。」――これは一人の人間の大人が酒に酔って、狐がこしらえたという野原のまんじゅうを三十八個も食べたとか、そのため狐は人を欺ますということになったという。それから幕が降り、休憩時間となる。このとき、「可愛らしい狐の女の子が黍《きび》団子をのせたお皿を二つ持って」くる。四郎はたった今、欺まされた大人たちの幻燈をみているため、すっかり弱って考えこむ。狐の学校生徒はみんなこっちを向いて、「食ふだらうか。ね、食ふだらうか。」なんてひそひそ話し合っている。やがて四郎は決心していう。「ね。喰べよう。お喰べよ。僕は紺三郎さんが僕らを欺すなんて思はないよ。」二人は黍団子をみな喰べる。「そのおいしいことは頬っぺたも落ちさう」だった。じっとその姿を見守る狐学校の生徒たちは踊り上がって大喜び。この幻燈会に招かれるのは十一歳以下という年齢制限がある。幼い子供たちは、相手を決して疑ったりしないからである。

「みなさん、今晩の幻燈はこれでおしまひです。今夜みなさんは深く心に留めなければならないことがあります。それは狐のこしらへたものを賢い少しも酔はない人間のお子さんが喰べて下すったといふ事です。そこでみなさんはこれからも、大人になってもうそをつかず人をそねまず私共狐の今迄の悪い評判をすっかり無くしてしまふだらうと思ひます。」

こう言って紺三郎は閉会の辞を終える。狐の生徒たちは感動し、みな立ち上がり、キラキラ涙を流す。四郎とかん子は、どんぐり、栗、青びかりする石などのおみやげをどっさり貰って家に帰る、という筋である。

ところで、最愛の妹トシの臨終が旦夕に迫っているとき、トシの頼みに応じ、霙混じりの雪を松の枝から掬いとって口に含ませる「永訣の朝」(『春と修羅』)。雪は天の無限性の象徴と彼は考えている。その考えのつづきに、地水火風、天地宇宙は網状に繋がっていると捉える「インドラの網」がある。

「いまはすっかり青ぞらに変ったその天頂から四方の青白い天末までいちめんはられたインドラのスペクトル製の網、その繊維は蜘蛛のより細く、その組織は菌糸より緻密に、透明清澄で黄金で又青く幾億互に交錯し光って顫へて燃えました。」

インドのヴェーダ神話における最高神インドラの住む宮殿は網で覆われ、宝珠が鏤められ、燦然とした輝きを放つという。インドラはギリシャの最高神ゼウスと同様、雷神である。網は光と重ねられる。そして光はさまざまな宗教と結び付く。魂は発光体。霊は生命の光輝とされる。ゾロアスター教は拝火教ともいう。火は光の謂でもある。「インドラの網」には賢治独特の鉱物学知識が語られている。阿弥陀の原名アミターバ＝無量光。したがって、仏教の阿弥陀如来は光である。釈迦が宇宙花であり、宇宙樹である蓮華から生まれている。いっぽう、地下の土壌も微小な生物――目に見えないバクテリアや糸のような真菌類――が天空と同じようにいのちの網を張りめぐらせている。地表が緑で覆われるのはそれ故である。アニミズムの生命力である。

人間のからだは小宇宙《ミクロコスモス》である。地球は水の惑星。小宇宙と大宇宙《マクロコスモス》は同心円を描く。この思考の先に『銀河鉄道の夜』がある。銀河に属し、星の配列が白鳥の飛ぶさまに似ている白鳥座の北十字と、ケンタウロス座の南にあって四つの星が美しい十字をなしている南十字星（座）の間を中心に、天空を何処までも走る四次元に属する幻想列車の物語である。四次元空間は線、面、立体という三次の広がりに、無限という時間性の広がりを加えたものである。

主人公ジョバンニ。彼は友人たちと街角の十字路で別れた。心から慕うカムパネルラもその中にい

9. 銀河鉄道のイメージ

る。その日はケンタウロスの星祭りで、多くの人々は精霊流しに出かけて不在。ジョバンニはからだ具合のよくない母親のために牛乳を取りにいく。留守番の老女に後でまた来るようにと言われる。彼は丘を駈け上がり「冷たい草の上」で眠りに落ちる。眼下に街の灯がうっすら見え、汽車の音が微かに聞こえる。夢うつつ「脚が何べんも出たり引っ込んだりして、たうとう蕈《きのこ》のやうに長く延びるのを見」る。気がつくとそこは天空の銀河でいつのまにか、銀河鉄道の乗客となっている。少々省略し前後するが、前方の席には先刻、別れたばかりのカムパネルラがいる。やがて奇妙な人が乗ってきた。鳥捕りである。天の川の鳥を捕るという。列車は白鳥座の銀河ステーションを過ぎ、白鳥の停車場に近づきつつあった。窓外には白い十字架が見え、鶴、鷺、雁、白鳥が飛んでいる。乗客に黒いスーツの品のいい若者に連れられた十二歳と六歳の姉弟がいる。若者は家庭教師。乗っていた船が氷山に衝突する難破事故に遭ったという。姉弟の母親は数年前に死んでいる。もうすぐお母さまに会えるなどの会話がジョバンニに聞こえてくる。カムパネルラは「少し顔いろが青ざめて、どこか苦しいといふふう」である。何故かよそよそしい。車掌がきて、切符を見せてくださいという。他の乗客たちはみな、灰色の小さな切符を見せていた。ジョバンニはなにも持っていない。慌ててポケットを探すと、緑色の四つ折りのハガキ状の紙片があった。提示すると車掌は驚き、姿勢を正し、素晴らしい切符をお持ちですね、この切符なら何処までも行けますという。やがて列車は南十字星駅《サウザンクロス》に近づく。ここで多くの乗客が降りる。十字架があって、白い衣服の神さまがおられるらしい。ジョバンニ以外はみな行き先のはっきりした乗客（自ら死を選んだ者たち）である。そして「あっあすこにゐるのぼくのお母さんだよ。」というコトバとともにいつの間にかカムパネルラもいなくなる。独り取り残された彼。だが気がつくと地上に戻っている。しばらく丘の上でまどろんでいたらしい。たまゆらの鎮魂の旅。

ハッと思いだし、牛乳を取りに行く。途中、カムパネルラの父親に会う。父親は、もう四十五分経つから溺死したのでないか？　と言っている。どうやらカムパネルラは精霊流しの船から落ち、溺れかかった友人を助けるため川に飛び込み、友人は助かったが自分は溺れたらしい。星祭りの行われたちかくの川は天の川につづいているという。銀河鉄道で会ったカムパネルラは彼の霊魂である。少々よそよそしく感じられたのも尤もであろう。地水火風の饗宴を背景に、小宇宙と大宇宙は繋がり、人間の生と死はコインの表裏のような紙一重の差と知る。そこに人生の生誕の意味がある。賢治は他者への愛を通して「本当の幸せ」＝神との合一を求める無限の喜びを基底に響かせている。

「われらの生誕はひとつの眠りか　忘却に過ぎない
我らの生命の星である魂は我らと共に生じ
何処かべつの処に住み家をもち

遠くから訪れる
全くの忘却においてではなく
全くの裸においてでもない
栄光の雲を棚引かせ我らは
神の国から訪れる。」（「霊魂不滅のオード」五八―六五）

とワーズワスは歌う。一瞬のまどろみに四次元の幻想が訪れ、天の川の旅を成し遂げたジョバンニ。『銀河鉄道の夜』は我々にさまざまなことを語りかける。生きているということは、本来、奇跡的なことなのである。儚いが故に生はますますいとおしい。死と同居しながら我々は毎日を生きている。そこにJ・キーツ、W・ペイターが息づいている。カムパネルラは賢治の妹トシとも重なる。ケンタウロスの星祭りの夜には地上の川、つまり、ジョバンニたちの住む小さな町を流れる川が天の川と繋がるのは一瞬に過ぎない。彼はいう、「正しく強く生きるとは銀河系を自らの中に意識してこれに応じて行くことである」（『農民芸術論要綱』）。生の世界と死後世界との連続性である。ここに彼の宇宙観、宗教観が語られている。

彼はこの小宇宙と自然・大宇宙《マクロコスモス》が直接触れあう媒体としての己の身体と心のありようを考えさせてくれる。この作品は、銀河＝Milky Way＝乳の道について学ぶ理科の授業風景――「ではみなさんは、さういふふうに川だと云はれたり、乳の流れたあとだと云はれたりしてゐたこのぼんやりと白いものがほんたうは何かご承知ですか。」という先生のコトバで始まる。「ですからもしもこの天の川がほんたうに川だと考へるなら、その一つ一つの小さな星はみんなその川のそこの砂や砂利の粒にもあたるわけです。またこれを巨《おほ》きな乳の流れと考へるならもっと天の川とよく似てゐます。つまりその星はみな、乳のなかにまるで細かにうかんでゐる脂油の珠にもあたるのです。そんなら何がその川の水にあたるかと云ひますと、それは真空といふ光をある速さで伝へるもので、太陽や地球もやっぱりそのなかに浮かんでゐるのです。つまりは私どもも天の川の水のなかに棲《す》んでゐるわけです。」天の川は賢治によると、乳が流れ、星の群れということになる。ちなみに神話的には、ギリシャの女神へラ（ユノー）のゼウスに飲ませる乳が溢れて銀河になったという。非ユークリッドの空間＝四次元の幻想。そこでは大地を流れる川が天の川と繋がっている。ジョバンニのポケットにいつの間にか入っていた謎めくハガキ大の緑色の紙切れ。

この作品において空気が水と重なっている点に注目しよう。舞台はケンタウロスの星祭りの夜。彼は描く「空気は澄みきって、まるで水のやうに通りや店の中を流れましたし、街燈はみなまっ青なもみや楢《なら》の枝で包まれ、電気会社の前の六本のプラタヌスの木などは、中に沢山の豆電燈がついて、ほんたうにそこらは人魚の都のやうに見えるのでした」「その天の川の水を、見きはめようとしましたが、はじめはどうしてもそれが、はっきりしませんでした。けれどもだんだん気をつけて見ると、そのきれいな水は、ガラスよりも水素よりもすきとほって、ときどき眼の加減か、ちらちら紫いろのこまかな波をたてたり、虹のやうにぎらっと光ったりしながら」とか、「その小さなきれいな汽車は、そらのすゝきの風にひるがへる中を、天の川の水や、三角点の青じろい微光の中を、どこまでもどこまでもと、走って行くのでした。」そして家庭教師の青年が十二歳の女の子にいうコトバ、「ごらんなさい、そら、どうです、あの立派な川、ね、あすこはあの夏中、ツキンクル、ツキンクル、リトル、スター をうたってやすむとき、いつも窓からぼんやり白く見えてゐたでせう。あすこですよ。ね、きれいでせう、あんなに光ってゐます」と。天から地からいのちがひびきあい、空気と水が真空のなかで溶けあっている。

これらの描写は地球の宇宙性を物語る。それは同時に地上の動植物の宇宙性を意味している。宇宙＝大地。生きとし生けるものはほんらい対等。賢治の花鳥、動物寓話はそのことを示している。だがこの作品のテーマは「ほんとうの幸福とは何だろう」にある。「ほんとうのしあわせをもとめて」「どこまでもどこまでも」旅をつづける物語。作品の主題はそこにある。一次二次三次元のユークリッド幾何学を越えた非ユークリッド的四次元的幻想物語は、すでに幻想とはいえないのでなかろうか？地球圏外空間から地球を眺めた宇宙飛行士に、神の実在を眼前に感じたと証言する者もいるという。地理学、地質学を吸収した宇宙学はすでに宗教と同一レベルにある。科学はすでに宗教に近づいている。永遠、天国、永劫は神仏に繋がる。銀河系とは「天」を意味している。人類（生物）の歴史はこの天（宇宙学）と地（地理・地質・考古学）に育まれてきた。四次元の幻想は宗教と科学の接点を描く。

幼い子供はイノセンスの世界に住む。そこは新鮮かつ弾力性に富む。子供部屋の押し入れの奥からナルニア国へ旅立つことを信じうる時代を人はみなもち、大人になっていく。鉱山資源はみなレプラホーンが守っていたから豊富で枯渇の心配などなかった。天空の虹はどこまでも美しく、分析されたりしなかった。妖精たちは遊び戯れていた。幼年時代、人はみな常春の国に住む。神秘性のなかに現実があった。

むかし　妖精たちの群れがニンフやサターを
茂った森から追い出す以前
輝かしい王冠すがたのオベロンの
王杖　露滴る宝石ボタンのマント羽織る偉容が
樹木の精霊たち　牧神たち全てを　緑の藺草　藪　黄花の九輪桜の
繁茂した森から脅し追い立てる以前の神話の時代。（『レイミア』第一部一―六行）

妖精詩『レイミア』はこうして始まる。

ところで、「輝く星」"Bright Star"の創作された頃、キーツは妖精詩に大いに関心を抱いていた。しかし、北極星は銀河には属さない。夏の銀河は、いて座の方向、約三万光年の彼方に中心がある。これは地球から北極星までの距離（四三〇プラス・マイナス三〇光年）の約七十倍という。地球の属する太陽系は銀河系のほぼ中心部にある。この数字からすると、北極星は遥かに地球に近いことになる。キーツ詩には多義的かつ曖昧な要素がある。そして妖精詩の原点に自然回帰がある。

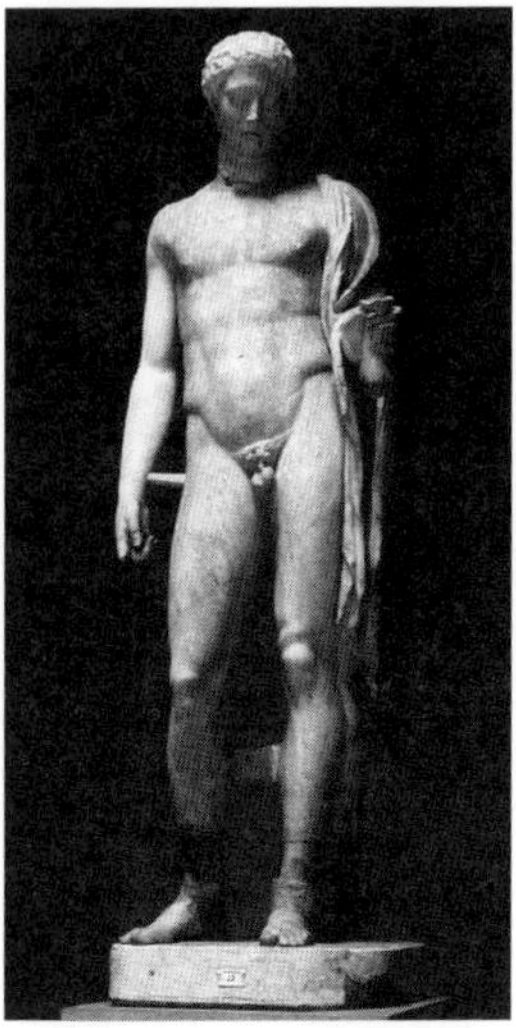

10. サテュロス（サター）

英語の"animate"は「生命を吹き込む」"breathe into life"の意味である。神はアダムに息を吹きこみ給うた。神の息は風であろう。息と風は表裏する。風は宇宙の息となる。人間はこの世を去るとき、息を引き取るという。『風の又三郎』の主人公・三郎は九月一日、二百十日の日に東北のある渓谷にある小さな小学校の三年生として編入される。「そのとき風がどうと吹いて来て教室のガラス戸はみんながたがた鳴り、学校のうしろの山の萱《かや》や栗の木はみんな変に青じろくなってゆれ、教室のなかのこどもは何だかにやっとわらってすこしうごいたやうでした」という。「どっどど　どどうど　どどうど　どどう」と風のうなりを絶えず伴う三郎の存在は風の精霊＝又三郎。変幻自在、いつも生き生きしている。

天の川を走る幻想列車の窓からは、「青白く光る銀河の岸に、銀いろの空のすゝきが、もうまるでいちめん、風にさらさらさらさら、ゆられてうごいて、波を立ててゐるのでした」という。空（雲）、すすきの波が風でアニメイトされている。天の川の乳の流れにも、川底の砂の粒子にも、賢治は息を吹きこむ。全てが生き生きしている。鉱物も語り合うのである。彼のアニミズムは広く深い。『銀河鉄道の夜』はジョバンニのカンパネルラへの想い、賢治の妹トシへの想いが重ねられる。地上でジョバンニがカムパネルラたち友人と別れたのが街角の十字路。天上にあった十字架の群れ。北の十字から南の十字へと幻想列車は駆け抜ける。十字架は二本の木が重なりあってできている。十字架は生と死、人と神の接点。そこに愛がある。人と人、人と世界。他者への愛の接点でもある十字架。「本当の幸せ」を求めて、どこまでも何処までも、永遠に旅をつづけたいジョバンニ。眞の愛、神との融合への魅惑。そこにまどろみがあった。人生は儚いまどろみ、邯鄲の夢に過ぎない。

無限時間において天地が繋がるのなら、地水火風の影響は天上にもありうる。農業が行われ、りんご、とうもろこしが育ち、くるみの実がなり、りんどうの花も咲く。天の川に大小数多くの魚が住むという。

賢治の想像力は、便利性という文明に浸蝕された現代人の心に、永遠の閃きと光を投げかけている。キーツの地水火風はエンディミオンが示すように美真にむかうが、賢治の場合、光と宗教にむかう。一粒の砂に全宇宙を見るように、宇宙全体をいのちの響きあう一つの生命体と感じつつ生きたいという強烈な願望に貫かれている。プラトンは天空の果てには真理の原があり、そこに真善美の原型があると考える。天空は森羅万象を含め、人間と繋がり、四次元の幻想にリアリティを意識させる。賢治の世界もプラトンと無縁ではない。三次元の時間が四次元の無限と繋がっているからより生き生きしてくる。

この作品は、西洋の合理主義的思考が到達した宇宙学、地理学という科学であり、かつ形而上学でもある学問の枠内に発想された独特な物語である。ジョバンニの一瞬のまどろみに展開したストーリーは、瞬きの瞬間に妖精が訪れる妖精信仰《フェアリー・ビリーフ》にそのまま重なる。地水火風の想像力は我々に活力を与えてくれる。根底に四大をエレメント（元素）として、世界を捉えようとする普遍的世界観がある。フランスのガストン・バシュラール Gaston Bachelard (1884–1962) も地水火風のイメージ（イマージュ）をめぐる物質的想像力の多彩性と根源的重要性を説く。彼は科学者であり、哲学者でもあった。詩人、科学者、宗教者である宮沢賢治は「五輪峠」（『春と修羅』）のなかで、空を加え五大とする。この法華経、密教的発想はジョバンニのもつ緑色の切符についての解釈をめぐり、『銀河鉄道の夜』の理解をいっそう深めてくれる。因みに修羅（阿修羅）の生きる時代は、巨大な爬虫類が動き回った原始時代に他ならない。妖精の生きた時代と無縁ではない。

このようにケルトの異界思想を辿っていくと『銀河鉄道の夜』のような児童文学の原点に触れることになる。そこに生命力あふれるアミニズムがある。同時にそれは西洋の合理主義に由来する科学と関連し、形而上学とも結びついてくる。原点に人間の想像力がある。生きとし生けるものの生命の本質への問いかけがそこにあると知る。

参考文献

続橋達雄『宮沢賢治・童話の世界』桜楓社、一九七五。

宮城一男・高村毅一『宮沢賢治と植物の世界』築地書館、一九七九。

宮城一男『宮沢賢治と自然』玉川大学出版部、一九八三。

松田司郎『宮沢賢治の童話論』国土社、一九八七。

赤祖父哲二『宮沢賢治――光の交響詩』六興出版、一九八九。

及川馥『バシュラールの詩学』法政大学出版局、一九八九。

久慈力『宮沢賢治――世紀末を超える預言者』新泉社、一九八九。

松田司郎『宮沢賢治の旅――イーハトーヴ童話のふるさと』五柳書院、一九九四。

山尾三省『深いことばの山河』日本教文社、一九九六。

板谷栄城『宮沢賢治の見た心象――田園の風と光の中から』ＮＨＫブックス、一九九六。

小森陽一『最新 宮沢賢治講義』朝日選書、一九九六。

斎藤孝『宮沢賢治という身体――地水火風の想像力』世織書房、一九九七。

谷本誠剛『宮沢賢治とファンタジー童話』北星堂、一九九七。

（注）底本には「宮沢賢治全集」（筑摩書房・ちくま文庫）を使用。

四.「夜鶯鳥《ナイティンゲール》に寄せる賦《オード》」――想像力と牧歌

W・B・イェイツはいう、「キーツの考え抜いた幸福を思いだすがよい。」“Remember his deliberate happiness.”「彼の芸術は幸福だ、だが彼の心を誰が知ろう?」“His art is happy, but who knows his mind?”（「我、汝の主なり」“Ego Dominus Tuus”）と。

キーツ詩の幸福感は何処から来るのか？ 論者の脳裏に浮ぶのはまずプラトンの「エロース神話」及びワーズワスの『霊魂不滅の賦』（五八—六五）。人間の魂は神の存在の影を宿すからである。ここではさらに『エンディミオン』(III, 23–33) に次の行があるのをつけ加えたい。

there are throned seats unscarable
But by a patient wing, a constant spell,
Or by ethereal things that, unconfin'd,
Can make a ladder of the eternal wind,
And poise about in cloudy thunder-tents
To watch the abysm-birth of elements.
Aye, 'bove the withering of old-lipp'd Fate
A thousand Powers keep religious state,

In water, fiery realm, and airy bourne;
And, silent as a consecrated urn,
Hold sphery sessions for a season due.

天上には測り知れない玉座がある
辛抱づよく羽ばたく翼　絶え間ない呪文
霊妙なものだけがその由来を知る
これらは自由自在に永劫の風できざはしを作り
雷雲の天幕を己の棲みかとなし
四大の生誕を遥かに見下ろす
然り　色褪せし唇の老いたる運命に君臨する
限りなき力がひとつの宗教的な国を営む
水界　火界　風界において
そして聖なる甕さながらひっそりと
天上で一定の会議を開く。

だがごく少数の天上の神々だけが、収穫・豊穣の女神シアリーズと手を握り我らの感覚を精神美で豊かにする、とつづく。この「天上の玉座」は、彼のいう「天の境界」(the very bourne of heaven)

(*End*., I. 295) と関連していないか？「ぼくの気に入りの考えは、ぼくたちが地上で幸福と呼んでいるものを、精妙な旋律 (a finer tone) で繰り返すなら、その幸福を死後 (here after) も享受しうる」(1) と彼はいう。彼は、激しい情熱の神聖さと想像力の真実を信じ、想像力が美として捉えたものは真であるとなし、あらゆる激しい情熱を、愛における場合と同じように、崇高かつ創造的な本質美をもっと考えている。(2)

『エンディミオン』は、ダイアナ ("Dian, Queen of Earth, and Heaven, and Hell") ("To Homer" 14) の世界へと、アルカディアが、宇宙的《ユニヴァーサル》に姿を変えていく、詩人の魂の成長の牧歌的叙事詩である。宇宙神に変容しても、パンの活躍するところはアルカディアの面影が残る。この長編詩は、彼の想像力の試金石、船出の作品。詩人は成熟しても、深化した表現で原点に回帰する。

羊飼いの若者、エンディミオン。彼はパンの支配下にある。大自然の擬人化、人格神であるパンは "all", "everything", "universe" 的存在である。天地を結びつける神秘のシンボルであり、詩的霊感の源泉。(3)「パン賛歌」(I, 232–306) は、パンの特徴をきわめて詳細に描いている。『エンディミオン』は、この「パン賛歌」が支える「幸福論」（幸福は何処にある？）(I. 777–842) と表裏する「歓びの温度計」(4) が中心となって物語は展開する。パンは愛を司り、必滅・不滅の存在。そこに三段階からなる「幸福論」（真に向かう想像力の規則正しい足どり）がある。パン、幸福論、歓びの温度計は詩人の想像力と深く関係する。

人生そのものを意味する、自然、芸術、愛それぞれの「本質との交わり」(fellowship with essence) のプロセスにおいて、歓びは段階ごとに極限を迎える。彼は愛に重点を置く。極限はそれぞれ天の境界に通じる。想像力の飛翔は自己否定（滅却）《ネガティヴ・ケイパビリティ》を伴う。

キーツ詩のキーワードに“ethereal”がある。アントニムは“material”。「素材」を「霊妙なもの・エーテル状のもの」に昇華させるのが、想像力（自己否定）であり、視点を変えれば化学実験のいちめんをもつ。“evaporate”,“intensify”,“distill”などの用語をみればわかる。

11. 牧神パン

偉大なるパンの死とともにキリスト教の時代が訪れる。自然神となったパン。キーツ詩は『眠りと詩』いらい、幻の牧歌・アルカディアが、天上地、地上天と交錯し、姿を現わす。己を苛む中に両肩から翼が生えてくる。唱えつづける呪文は、「精神の挨拶」“a greeting of the Spirit”、「熱烈な探究」“ardent pursuit”(5)の繰り返しで表わされる。それが、自己否定による想像力となって、天の境界に飛翔する。

ここで「夜鶯鳥に寄せる賦」（「鳥」）を考察したい。まず、伏線がある。神話「プロクネとピロメラ」（オウィディウス『転身物語』巻六）は、「鳥」にパンとアルカディアのイメージを投影させる。ピロメラがトラキア王に犯されるのは羊小屋であった。人間の意識の両端は、神話・伝説と交信し、無意識とシンボリズムが結びつく。

（1）

わたくしの胸は痛む　物憂い痺れに感覚は苛まれる
いましがた毒人参を　また
阿片剤を残らず飲みほし
忘れ河に沈むように
お前の幸福な運命が羨ましいのではない
お前の幸福に浸りすぎたからだ
お前　軽やかな翼もつ樹木の精霊よ
旋律ゆたかなところ
緑滴るぶなの樹の茂み　折り重なる陰また影
のども裂けよと夏を愛しみ歌うものよ

夜鶯鳥は天国で「神聖な溢れる真実、天国と神秘についての物語と黄金の歴史」（「オード」情熱と歓楽の詩人たち一七―二二）を歌う。だが、美しい歌をうたう鳥は、神話的に悲しい存在であり、幸福感に酔う詩人の無意識を翳らせる。胸の痛み、感覚の物憂い痺れは、そのままプロクネとピロメラの悲劇と響きあう。鳥は声を限りに夏のいのちを歌う。毒人参はパンの住居の影ふかい茂みに生えている(*End.* I. 241)。初連からパンの息吹が幽かに芽吹く。さらに、空想と想像力も、詩人の潜在意識のなかで重なっていたであろうことは推察できる。

詩人の好みはクラアレット。しかも芳醇で余り濃度の高くないもの。二連の酒は、したがってクラアレットと解釈したい。酔って、自我忘却への願望とは考えられない。

(2)

ああ一杯の酒が欲しい
地中深く長いあいだ冷やされた酒
花の女神と新緑の田園を楽しみ
踊り　プロバンスの恋のうた　陽に焼けた歓楽を満喫した酒が
ああ暖かい南国の芳醇な香りに満ちた杯が欲しい
真実が紅く頬に映じる霊感ゆたかな酒が
粒なす泡が縁まであふれ　飲んでと囁いている杯が
むらさきの唇あとのついている杯が
それを飲みひと知れず世を去り
お前と共に仄かな森へ姿を消したい

源泉をパンに由来する詩的霊感 (Hippocrene) は、ロマンティク・イマジネイションのシンボルであり、死すべき人間の知識を超えた神秘性を持つ。憧憬と願望が全体を貫いている。詩人は「天の縁から注ぎでる／不滅の酒のこんこんと湧き出る泉」(*End.* I. 23–4) のイメージと重ねていたかも知れない。

だが幽かに悲哀の影が忍び寄る。憧憬に映し出される悲哀。アイロニーとオクシモロン。つづく三連は詩人の棲む現世のすがたである。

（3）

消え去ろう彼方へ　溶けて　全く忘れよう
木の葉隠れに啼くお前の知らないことは
倦怠　熱病　憔悴
この世では人々は坐したまま　かたみに呻きあう声をきく
中風病みは白髪あたまの残り少ない髪の毛を悲しげに打ち振る
若者は色青ざめ　痩せ衰え　死んでいく
考えるだけで悲哀が溢れる
にび色の眼差しの絶望
現世では　美はその光沢ある瞳を保ちえないし
新鮮な恋も明日を過ぎては輝く瞳に憧れることはない

第二連は上昇傾向を辿るものの、第三連（対極に幸福がある）は明らかに下降傾向である。この二つの流れが絡みあいながら、合流しようとする。そのプロセスにおいて、絶えず、本質との交わりを試みる。難解さの中の味わいが「鳥」の魅力であろう。

第三連の悲哀は、「悲しみのうた」(『エンディミオン』IV. 273–290)、真理の階段(「没落」II. 147–153)に繋がる。酒は歓喜、悲哀、両極に通じる。後半の連に、陰影を投げかけながら、詩人は酒に別れを告げ、パンの属性からくるポエジーに頼って、鳥との一体化に向かう。

(4)

さらば酒よ!　なぜなら　わたくしはお前のところに行きたいからだ
酒神《バッカス》とその豹の曳く車によってではなく
目にみえないポエジーの翼を羽ばたかせて
もっとも　けだるい脳みそはまごまごし　遅れるかも知れないが
なんともう既にお前と一体化している!　夜は優しい
折しも月の女王は中天にかかっている
煌めく星ぼしの妖精たちを従えて
だが　ここには一条《ひとすじ》の光もない
あるのはただ天空から訪れる微風の
新緑薫る薄暗闇と曲がりくねった苔むす小道をふわりと通り抜ける仄かな光のみ

前半と後半の際立つコントラストを結びつけるのが想像力の秘儀である。詩人は、鳥の啼く森と同化しているのだから、鳥と同化の暗示がある。コウリッジの想像力説(両極の同化)の影響も考えられる。天空（月）の仄かな光に注目したい。人間の意識と肉体の関係は、月が地上を照らすのに似る。[6] 薄暗闇は感覚を神秘的にする。

ここに五月の「新鮮な」“verdurous”、「微風」“breezes”がある。夏の前触れである。まさに訪れようとしている生命力溢れる季節。月はダイアナ、シンシア、ルナ（ヘブン）、プロサパイン、ヘカテの要素をもつ。星は妖精。地底には妖精の国があるという。第五連の幻の花園、森の中はアルカディアに通じ、仄かな月光のつづく第七連の後半の妖精のイメージに通底する。

（5）

足もとにどんな花が咲いているかわたくしには分からない
いかなる優しい芳香が枝えだにかかっているかも定かではない
だが馨しい暗闇の中で一つ一つ匂いを嗅ぎ分けていけば
花の五月が誇りにする
草　繁み　野生の果実
白いさんざし　牧歌に歌われる野ばら
忽ち色褪せていく木《こ》の葉隠れの菫
そして五月半ばに他に先駆けて咲く
今まさに咲こうとしているワインめく露滴らんばかりの麝香バラ
そこは夏の夕べ飛び交う小さな花虫が絶えず訪れるところ

五月半ばはイギリスのいちばん美しい夏の季節。ミッドサマー・デイも近い。地母神の祭りと重なるこの日は、夜になるとフェアリーたちが、森や水の辺り、丘に姿を現し、宴《うたげ》を催すという。四月の花すみれ。生成の季節から充実の季節へと移っていく喜びに、歓びの温度計の存在がある。夏はまたパンの季節。蕾が膨らみ、果実が熟れ、森の繁茂、牧場のせせらぎも愛の接吻と無関係でない。自然を支配するパン。海面に映る天空、想像を超えた神秘の存在と詩人はいう。天地を繋ぎ、宇宙に生誕と活力を与える酵母菌、パン種である。「緑の奥深い森」“the green-recessed wood”（『レイミア』I. 144）は近い。詩人はいま、五月の自然・精髄と一体化し、本質と交わりを営もうとしている。パンの乗り移った鳥はまさに無心そのもの、魂を吐いて啼きつづける。夜鶯鳥は五月の精髄、霊的存在でもある。花には精霊が宿る。薄暗闇はニンフの面影を宿す。詩人の「精神的イースト菌状のもの」(7)が、パンの酵母菌と溶け合うことを意味していよう。

初連から、第三連の悲哀による感情の下降傾向を内在させながら、一方で感情は上昇傾向を辿っている。明と暗の交錯、溶け合いが、花園・アルカディアを幻想的に描き出す。主人公はパン即キーツである。

第二連、第四連の後半、そして第五連のイメージには、生命の躍動する魂の喜びがある。仄かな暗さは、ロレンスのいう“dark hero”（『翼ある蛇』）を反映させる。永遠の女性、死と愛の問題はこうして生まれる。

（6）

夕闇にじっと鳥の鳴き声に聴き入ると　たびたび
わたくしは安らかな死に半ば恋してしまう
そして数多の旋律ゆたかな歌言葉で優しく死に呼びかけた
わたくしの呼吸を静かに虚空の中に引き取って欲しい
今こそいつもより華やかな気持ちで
この真夜中に何の苦しみもなく命《いのち》果てたいと
だがお前は己の魂を体の外に吐きだしている
そんなにも恍惚とした様子で！
何時までもお前は歌いつづけるだろう　だがわたくしは虚しく聞くばかり
お前の響き渡る鎮魂歌にたいし　一片の土塊《つちくれ》となる運命なのだから

第五連で、鳥は夏のいのちの核心を歌う。夏の自然の精髄は夜鶯鳥で象徴される。地上における天の境界。そこは詩人にとって、魂の活力の源泉でもある。したがって、鳥との一瞬の溶け合い、一体化は、「生命そのものが固有の精髄から永遠の養分をうる」(*End.*, I. 814) ことになる。自らの存在のすべてが、対象に溶解する瞬間である。

O what a wild and harmonized tune

My spirit struck from all the beautiful!
On some bright essence could I lean, and lull
Myself to immortality: I prest
Nature's soft pillow in a wakeful rest. (*End.*, III. 170–74)

おお　何と野性的な美しい旋律か
わたくしの心が美に酔うとは！
輝かしい本質に身を寄せ
永遠の子守唄をうたい
優しい自然を枕に眼覚めた安らぎに浸るわたくし（『エンディミオン』三巻一七〇―七四）

だが第六連で詩人は死を願う。死にオクシモロンが付き纏う。「輝く星」の真意は、恋人の起伏する胸を枕に、北極星の不動に憧れ、永遠に生きたい（でなければ死にたい）と願うにある。静と動、存在と生成の融合は天の境界における出来ごとである。北極星の不動に対する願望は小さな自我の否定（死）を通して、他者愛に向かう寓意となる。フィジシアン・ポウエッツの面影が彷彿とする。真に生きることは、他者を愛することでないか。

「歓びの温度計」の視点からいえば、愛の極限に目盛りが上り詰めている。だが同時に、自己滅却《ネガティヴ・ケイパビリティ》は去る。鳥と詩人は異なる世界に属し、それぞれの領域の価値体系の相違を思い知らされる。想像力が天の境界に羽ばたく瞬間は束の間に過ぎない。

最終行「土塊」が妖精国に通じているのは興味ふかい。

夜鶯鳥の永遠性との溶け合い、本質との交わりに微かな違和感を残しつつ、死を通して愛の成就の永遠性を願う詩人。鳥は神秘的存在。神秘は人を「考えあぐねさせる」。そして現世との繋がりはというと、

the fragile bar
That keeps us from our home ethereal; (*End.*, 1. 360–61)

もろいかんぬき
それが我々を天の境界から締め出す（三六〇―六一）

想像力の天上的反映を支える詩に「オード」がある。彼ら詩人たちは、魂を地上に残し、天上に住んでいる。

そうだ　天上に住む魂は交歓しあう
太陽や月の天体と
不思議な泉の音
雷の轟く話し声と

天上の樹木の囁きと
みな寛いで
極楽浄土《エリジアム》の芝生に坐っている
そこはダイアナの小鹿しか食べない芝生
（五―一二）

詩人はつねに「アポロの栄光と恩寵を自分自身のものにしようと努力」（「ブルガンディ、クラアレット、ポートワイン」15–16）している。激しい願望と、どうにもならない生身の現実。「私には見えるのだ　魂が闇のなか／独り飛び去っていく姿が」"I see my spirit flit/Alone about the dark—" (*End.* IV, 479–80)。己の魂（鳥）の飛翔にどこかついていけない。それが詩の謎を深める。狂気にちかい神秘への憧れはやがて第六連に挫折感となって表面化してくる。

12. 詩神アポロ

（7）
お前は死ぬために生まれたのではない　不滅の鳥よ
如何なる空腹な世代もお前を踏みつぶすことはない
過ぎゆく今宵　わたくしの聴くこの歌声は

遠い昔　帝《みかど》　農夫もきいたであろう
たぶんこの同じ歌声はきこえたのだ
ルツの悲しい心にも　その時　家郷に恋い焦がれ
彼女は涙ながらに異郷の麦畑に立ち尽くしていた
この同じ歌声はしばしば
魅惑したであろう　危険な海の荒波に向って開く魔法めく窓辺を
遠い遥かな妖精のくにの

第七連。ここでは鳥の不滅性を讃える。ここにもアイロニーがある。鳥は無常の世に生きながら鎮魂歌を奏でる。「過ぎゆく一夜」は正に人生そのもの。不滅性は何処からくるのか？　個としての鳥は儚いが、類（種）としての鳥は不滅である。

万葉集に「年のはに鮎し走らば辟田《さきた》川鵜八つ潜《かづ》けて川瀬尋ねむ」（巻一九／四一五八）（大伴家持）がある。一三〇〇年以上つづく鵜の生態の不変性をうたう。

鳥が己の魂を吐いて歌いつづける処は、地上天となる。瞬間に永遠が宿る。鳥は死ぬために生まれてきたのではない。第七連は鳥の不滅性と人間（帝、農夫、ルツ）の儚い生との対比である。聖書のルツは異郷にあって、望郷の念に駆られる。“ruth”本来の意味は「悲哀」である。悲哀は、楽園追放の運命をもつ人類全体のものだ。人間のほんらいの故郷は天上に他ならない。この世こそ異郷であり、仮初の住まいに過ぎない。比喩的にいえば、帝、聖書のルツ、農夫はみな同類項になる。

終三行に注目したい。遥かな妖精の世界を歌っている。閉じられた窓を開かせる神秘的な鳥の歌声。荒海の白い牙むく波に浮かぶ城。なかに王女が幽閉されている。鳥の歌声が、かけられた魔法を解くのか、王女は窓辺に依って聞き入っている。形容し難い、遠い遥かな「トリスタン伝説」、「アーサー王物語」の世界である。妖精の国は地下にある。ケルトのダヌー女神神族——神々の末裔は、地下に住みついたトゥアサ・デ・ダナンと呼ばれる。一族に属するイーンガス、（オインガス）“Aengus”は、美と青春の女神。この国を訪れた人は誰ひとり地上に戻らない。死者の国である。だが、信じる人には、瞬きの一瞬に妖精は訪れる。妖精信仰《フェアリー・ビリーフ》[8]。我われが夢の中で死者に会うとき、そこにフロイトのいう無意識があり、無意識は妖精信仰と通底する[9]。ケルトの妖精国はギリシャのヘカテ、ハデスに相当する。

（8）

見棄てられて！　正にこの言葉が弔いの鐘のように
わたくしをお前から孤独な自我に連れ戻す！
さらば！　空想はそんなにうまく人を欺けない
評判ほどには　小賢しい妖精エルフよ
さらば！　さらば！　お前の妙なる歌声は物哀しく消えていく
近くの牧場を過ぎ　静かな細流を超えて
丘の中腹を駆け　いま深く埋もれてしまった

隣の谷間の木立に
あれは幻だったのか　白日夢だったのか？
あの旋律は去った――私は眼覚めているのか　眠っているのか？

第八連は、「遠い遥かな」"forlorn"という語の響きの幽かな侘しさ、哀しさが、「見棄てられて」、「侘しい」に何時しか変化し、「日常の自我」に詩人は戻ることになる。妖精は瞬きの中に姿を現し、忽ち消滅する。

天と地の見事な色彩はことごとく
色褪せてしまった　さき程のもっとも深い陰は今や
もっとも深い土牢となってしまった）(*End.*, I. 691–693)。

シンシアのヘカテ性にはディオニソスが宿り、アポロと競い合う。「鳥」の難解さは、アイロニカルな「魂の真昼」と「夜の虚しい闇」(「JHレノルズ氏に」七〇―七一)の交錯にある。云いかえれば、地上と天上（地底）の繋がり、そして隔絶の神秘に思い悩まされる。「鳥」は空想から生まれたのか？　ファンシイとイマジネイションの交錯。詩的霊感と信じてポエジーの翼を飛翔させて第七連にいたった。第六連に伏線（土塊）があるにせよ、鳥の歌声に甦る、失われた「遠い遥かな妖精の国」への想像は、エリジアム、異界へのそれであり、第七連まで詩人は内心に不安を抱きながらも想像力が全体を支配していた。しかし、「遠い遥かな」というコトバが「見棄てられて」の意味に変化するとき、急激な想像力の衰退が訪れ、ファンシイへの移行を導いていった。人を欺くエルフとオインガスに属する妖精は別人である。何れにせよ、初連の「わたくしの胸は痛む」が結果的に、空想と想像力の葛藤にまで痛みを投影している。
　詩人の魂の分裂を歌ういわば悲劇的作品が、なぜ我々の心を魅惑するのか。鳥が自然の精髄であり、霊性を与えられ、詩人の自己否定によるそれとの同化のプロセスに、人間性の弱さが息づく。人は詩人の心の矛盾に共感を覚えるのでないか。

注

The Finer Tone: Keats' Major Poems by Earl R Wasserman, 1953 は愛読書。(Cf. 西山清訳『エンディミオン——物語詩』鳳書房)。

（1）*The Letters of John Keats*, ed. Hyder E. Rollins Vol. 1 (Cambridge: Harvard Univ. Press. 1980) p. 185. 以下 *The Letters* I, II と略記。
（2）*Ibid*., pp. 184–85.
（3）*Pan the Goat-God: His Myth in Modern Times* by Patricia Merivale (Harvard Univ. Press, 1969) p. 65.
（4）*The Letters* I, p. 218.
（5）*Ibid*., p. 243.

（6）*The Fairy-Faith in Celtic Countries* by W. Y. Evans-Wentz, 1988, p. 504.
（7）*The Letters* I, p. 210.
（8）W. Y. Evans-Wentz, *op. cit.* 467.
（9）*Ibid.*, p. 492.

五．「秋の賦《オード》」——幻の牧歌

美は滅びるが、その喜びは余韻となって残る。キーツの詩魂が捉えた「美」は永遠に生きつづけている。彼は繰り返し美をうたう。うたいあげた「美」は前人未踏の神殿ともいえるオード群に収められている。イメージは交錯、重層し、その一語、一語に詩心が刻みこまれ、全体としてみると渾然と溶け合い、一つの詩美を構築する。だがあえていえば、「憂鬱」のなかに「夜鶯鳥《ナイティンゲール》」と「ギリシャ瓶」が収斂される。「憂鬱」において美は屈折、複複眼化、逆説化し、それが「秋」の豊穣を比類ないものにさせる。北国の短い滅びの美の光耀と永遠性、そこには魂の創造によって得られる社《やしろ》（「霊魂《サイキ》」）も投影している。『レイミア』における妖精信仰《フェアリー・ビリーフ》による感覚性と挫折。さらに二つの「ハイピリオン」に登場するアポロの神性は、側面からオード群の美に輝きを添える。アポロはつねに新鮮である。知、創造、育成の源泉。詩神、洞察力の象徴としての神秘性は、キーツ詩の根底にある消極的能力《ネガティヴ・ケイパビリティ》と深く関わり合う。

「消極的能力とは、人間が不確実性、神秘、疑惑の中にあって、事実や理由を求めないでいられる状態の謂である——たとえば、コウルリッジは半知の状態に満足できないため、神秘の奥処《おくが》から得られる、事実とか理由から孤立しているすばらしい真実らしいものを見過ごすだろう——つまり、偉大な詩人においては、美的感覚が他のあらゆる考えを克服するか、あるいはむしろ、

他の全ての考えを抹消してしまうのである。」(1)

自らの詩論も自然の摂理、太陽の運行と密着（後述）させ、それを支えとするキーツ詩の魅力の源泉に、この美に基づく現実の神秘性肯定の消極的能力《ネガティヴ・ケイパビリティ》がある。そこから「秋」の滅びの美に潜む真実らしいもの、不可解、神秘性を直感する彼の感性にネオ・プラトニズム的なものがないといえるか？さてアポロに似て、彼は自分の未来を早くから予見していた。

ぼくは死ぬのでないかと恐れるとき
ペンが溢れる脳味噌を刈り取るまえに
文字で書かれた堆く積まれた書物が
豊かな穀物倉のように充分に熟れた脳味噌を育むまえに　（「ぼくは死ぬのでないかと」1-4）

このソネットにはすでに死の予兆が感じられるという意味で「秋のオード」の先駆といえる。「溢れる脳味噌」(2)は後者の「刈株畠」(26)と対応する。詩人はいう、――瞬間ほどぼくを驚かせるものはない、と。彼には瞬きの中に永遠を垣間みる妖精信仰もある。これがエピファニー的なアダムの夢と関連してくる。前者は西方浄土、ヘスペリア願望に通じ、後者も天上指向とかかわってくる。これらの諸要素がヴィジョンとして捉えた「秋」の、とくに第三連を支配し、この頌歌をいっそう豊かに、かつ神秘的にさせている。ところですでに健康状態は思わしくなく、肉体の精気は翳りを深めて

13. ダイアナ

いたが、数日来、たまたま小康を得、一八一九年九月一九日にウインチェスター郊外を散歩したとき、瞬時に心を捉えた刈株畠のあたたかさ、秋の美しさを彼はつぎのように記している。

「……なんて今は美しい季節だろう……なんてうまい空気だろう。この温和な鋭さ。じっさい冗談でなしに貞潔な天気――ダイアナの空だ――ぼくは今ほど刈りあとの畠が好きになれたことはない――ほんとうだ、春のひんやりする緑よりいい。どういうわけか、刈りあとの畠があたたかく見える――ある種の絵があたたかく見えるように――このことが日曜日、散策しているときにひどくぼくの心を感動させたので、それについて詩をかいた。(2)」

文中の「ダイアナの空」におけるダイアナは、月、プロサパイン、ヘカテ(3)であり、大地、天空、地獄の女王(「ホーマーに」)でもある。彼のギリシャ神話への傾倒ぶりが、こうして初連の処女性、花嫁性(霧、甘い果実)、第二連の母性(穀物倉)、第三連の詩神性(刈株畠、音楽)という見方を可能にさせる。あるいはまた各連をそれぞれ、庭師の想像《ファンシー》、刈りとる秋、小さな生きものたちのうたごえとみてもよい。

ところでさきの「溢れる脳味噌」は、死の予感という視点にたつとき、ライス宛てのつぎの手紙と関連してくる。

「この世からやがて去っていくかも知れないという思いは、何と驚異的な仕方でこの世の中の本来の美についての認識を、われわれの心に刻みつけてくれることか。尤も、ぼくは哀れなフォールスタッフのようにおしゃべりでないが、緑の麦畠に想いを馳せるのだ。子供の頃から知っていた花の一つ一つに大いなる愛情をこめ、ぼくはしみじみ思う。――なぜなら、それらはぼくらの生において最ものの事を深く考えない、幸せな瞬間と結び付いているからだ――春の素朴な花こそ、ぼくが今一度見たい花なのだ。[4]」

溢れる脳味噌には、誇らしげな自信に満ちた可能性が、緑の麦畠には、素朴な生命力が宿る。キーツの思考方式によると、地上の幸福を意味する緑の麦畠の想いでは、精妙な旋律《ファイナー・トーン》で心の中に繰り返すうち、来世にも通じ、甦ることになる。想像力が天上の古酒を飲みほすからに外ならない。

春のうたはどこに？　ああ何処に行った？
それを思い出すな　秋《おまえ》には秋《おまえ》のうたがある　（「秋」23–24）

この二行はすでに多くの批評家に指摘されているように、けっして単純ではない。春は緑の麦畠であり、失われた可能性、美でもある。さらにダイアナ―ヘカテの視点にたつと、初連と第二連はアルカディア風の秋の理想風景となる。刈株畠の現実性を含め、オード全体から捉えると、第三連がキーツの秋で、前者は秋が具体的にうたわれていても春の性格を帯びてくる。こうした春と秋の二重構造に加え、この作品には謎めく神秘性と美がある。それは近づく冬の足音を忍ばせながらも、読者の心をあたたかく包みこんでくれる何かがあるからである。

まず冒頭の「霧」と「甘い果実」に注目しよう。矛盾語《オクシモロン》の併用は、コウルリッジの極の原理を連想させる。この語法は第二連をへて第三連に入ると、「棚引く雲」が、「静かに暮れて行く一日」に「花を咲かせ」、「刈株畠」を「薔薇色に染める」(25–26)と展開する。霧にせよ、棚引く雲にせよ、何れもヴェイルの役割を果たしている。ヴェイルを通し、アポロ(詩人、太陽)と大地(秋)との対話がすすみ、想像力によって、秋姫は美の女神に変容していくのであるが、ヴェイルが彼女を一層ヴィジョナリーにさせる。元来、キーツは言葉に敏感であるから、「そのふるえるように繊細で、カタツムリの角《つの》のような美的感覚に達するまでに、知性と多くの素材《マティアリアルズ》の間には数えきれないほどの構築と解体」[5]が行われる。たとえば、霧は背後に怠惰、神秘、「暗い廊下」を、甘い果実は成熟、魂の創造のイメージをひびかせている。

こうして初連で、秋姫は詩人の恋人となり、花嫁のように仕立てられていく。無限の祝福をうけ、彼女は心も肢体も芯まで熟れていく。このプロセスは、同時に詩人の高まる幸福感、充実感を示す(蜜蜂の比喩)[6]。熟れていくりんご(ひょうたん、はしばみの実)は愛の結晶を想わせる。これらの結実と「ねっとりした密房」(11)は「凝集」のイメージで捉えうる。これは第三連の小さな生きものたちのうたごえが醸しだす「拡散」のイメージと対応する。だが拡散はしても美はけっして無に帰することはない。この中間の第二連に「停滞」が訪れる。すでに初連の終わりに用意されているこのイメージは、花嫁に対し、ここでは農婦(母性)である――もの憂げに穀物倉の床に座りこみ、忍びよる微風に髪の毛を軽くもち上げられている姿。ひなげしの香にうとうとと、手にもつ鎌はつぎに刈る畝と絡みつく花を残し、眠りこむ姿。落穂拾いのように重そうに頭を垂れ、川を渡る姿。りんご酒搾り機のかたわらで、辛抱づよい顔つきで何時間も、何時間も、滴りおちるりんごの雫をじっと見守る姿。

このオードは彼の詩論「心象イメジャリーの生起、進行、消滅は太陽のようにごく自然に読者に訪れなければならない――その頭上に輝き、彼を華麗なる黄昏の中に残しながら、壮麗かつ厳粛に消えていくべきである」(7)をほうふつさせる。美の感触は中途半端でない。樹木に葉の茂るように自然である。さて熟れた果実、穀物の収穫は、第二連においては穀物倉(母性)のイメージで捉えられる。そして搾り機にかけられ、りんごは植物としての循環過程を終える。彼は果実がエセンスに還元される様子をじっと見守り、己の生の最後の光耀を滴りおちる雫に重ねる。正に自他一如の忘我の一瞬であり、停滞のときでもある。一週間が一つの時代のように永くあったなら! の願望もこめられている。陽はまだ沈んでいない。第三連に入ると、夕映えの中にあって、微かに哀感が漂う。小さな生きものたち――ぶよ(mourn)、仔羊(bleat)、こおろぎ(sing)、こまどり(whistle)、つばめ(twitter)の登場。かれらのうたごえは正に秋の音楽である。求心的でありながら拡散していくこの音楽には暗さがない。

キーツは「秋のオード」をかき上げた直後の九月二一日、弟夫妻に宛て、「ぼくはあとに熱っぽさを残さない最善の詩をかかなければ満足できない」と記している。彼の詩の魅力は、感覚と思想の溶け合いにある。つとめて知性をひびかせようとする彼の感覚は、むしろ直覚に属し、思想よりつねに優位にたつ。終生、知識を求めつづけながらも、けっして知性を情念に先行させない彼の本質。川面に起伏する微かな風に運ばれ、きこえて来るぶよのもの悲しげなきごえ（羽音）にも、知識をもつ感覚と、もたない感覚(8)についての彼の心の軌跡が伝わる。霧に神秘、暗い廊下のイメージが投影しているように。

さて最終行「群なすつばめが大空にさえずる」は少し説明が要る。すなわち、キーツは少年時代、『アエネーイス』を愛読し翻訳も試みている。(9)この書物の「第六巻」(305–13) は死者の霊が彼岸に飛翔しようとする場面である。「かれ」は渡し守のカロンの謂である。

「かれに向かって河岸《かわぎし》に、ありとあらゆる亡者群、
わっとばかりに押しよせる、——
——寄せ来る数の大きさは、
秋のはじめの森のなか、せまる冷気に落ちる葉や、
あるいは鳥ども群れなして、年の寒さに大海を、
渡って逃げつつ温暖の、土地を求めて深海の、
沖より陸に寄せて来る、さまをさながら思わせる。(10)」

ヴァージルは死者の霊を鳥とイメージ的に重ねている。彼岸にまします神のもとに飛翔できる霊は救われる。さきの緑の麦畠は少年時代（地上の幸福）の比喩とも解釈しうるから、その当時、夢中で耽読したこの古典に自らの詩句の源泉があるとするなら、興味ふかいものがある。彼はいう――「ぼくらが今より後にうる喜びは、ぼくらが地上で幸福と呼んでいるものを、精妙な旋律で繰り返すことによって得られるものだ」[11]と。

秋《おまえ》には秋《おまえ》のうたがある――について言い残したことがある。「秋は霊魂《サイキ》と同様、古代では無視されたといってよい。キーツは第三連でそのことを言おうとしている。[12]」

ここに一枚の名画「時の音楽にあわせる踊り」"A Dance to the Music of Time"（N・プーサン一五九四―一六六五）がある。ハズリットと親交のあったキーツが、この絵を観た可能性についてはしばらく措く。四季を象徴する四人の女性が輪を描いて踊る図は、夜明けの墓地の光景である。「秋」は月桂冠を頭につけているものの、後ろ向きで暗く侘びしげに描かれている。絵の第二の見どころは、この踊りと対照的に、天上でも、

14. 時の音楽にあわせる踊り

アポロが十二宮を形づくる輪に縁どられ、馬車を駆けらせ、時の女神たちが踊りつつ後に従う。前方を女神オーロラが美しい花々を撒き散らせている構図である。神々は四季を司る。四季は人間の生と重なる。十七世紀の図像学は、魂の輪廻観に基づく運命の車輪が中心である。生、死、愛、運命は四季のように廻りつづける。この踊りは時間が司る宇宙的《コズミック》ダンスに他ならぬ。生の儚さ、魂の輪廻を示している。[13] プーサンは、古代は無視されていた秋を、正にその通り暗く惨めに描いてみせた。イアン・ジャックの指摘通りである。己の生命の短さを知るキーツは、天与の神性《ディヴィニティ》の恵みにより、しばしば瞬きの中に永遠を見る。生と死、夢と現実、過去現在を結ぶ妖精信仰の延長線上に「夜鶯賦」第七連、『レイミア』、「つれない美女」および小品の妖精詩群がある。そこでは地水火風の精霊たちも息づく。「地は天の影」[14] とミルトンはうたう。キーツも天地間の深い交流をつねに意識し、大地のうたはけっして絶えることはないとうたう。四季を大らかに受容れる彼。刈株畠のあたたかさに触発され、瞬きの中に永遠を垣間みてうたったヴィジョンとしての秋である。非現実の現実。やがてこの世を去ろうとする人は過去を一瞬の中に回顧する。ヴィジョンとして捉えた秋の本質と、詩人の本質が見事に重層する。それが彼独自の語法によるあたたかいイメージで、読者の心を包みこむ。矛盾語の並列によるイメージの衝突がもたらす新鮮な驚き。ヴェイルによって和らげられた祈りに似た神秘性の中に、それは響きあう音楽性、織りこまれた絵画性とともに甦り、読者に「秋」をいつしか己の秋と重ねさせるのであろう。幻の牧歌。このオードの魅力はそこにある。

注

(1) *The Letters of John Keats*, ed. Hyder E. Rollins Vol. I (Cambridge: Harvard Univ. Press, 1980) pp. 193–94.（以下 *The Letters* と略記)。
(2) *Ibid*., Vol. II. p. 167.
(3) *Lempriere's Classical Dictionary*, p. 266
(4) *The Letters*, Vol. II. p. 260.
(5) *Ibid*., Vol. I. p. 265.
(6) *Ibid*., p. 232.
(7) *Ibid*., p. 238.
(8) *Ibid*., p. 277.
(9) *John Keats; A Reassessment*, ed. by Kenneth Muir., p. 99, A Davenport, "A Note on 'To Autumn'" (Liverpool Univ. Press. 1958).
(10)『アエネーイス』「上巻」ウェルギリウス原著、泉井久之助訳、pp. 372–3.（岩波文庫)。
(11) *The Letters*, Vol. I. p. 185.
(12) Ian Jack, *Keats and the Mirror of Arts*, p. 238.
(13) Richard Beresford, *A Dance to the Music of Time*, by Nicolas Poussin. (The Trustees of the Wallace Collection, London, 1995).
(14) Milton, *Paradise Lost*, Book V. 574–75. (Everyman's Library No. 384. 1966).

第二章

審美主義の系譜

一．キーツ、ワイルド、ペイター

（一）

古来、クロノス（ギ神・時・Cronos, Kronos）とサトゥルヌス（ロ神・土星・Saturnus）は同一視され、しだいに両者の関係は複雑化していく。神話解釈の方法変化（抽象的寓意―具体的類推）が背景にある。すなわち、「時は、サトゥルヌスがわが子を貪り食らったように、時間上のできごとを貪り食う。それゆえ、サトゥルヌスは時を象徴する」から、「オリュンポスから冥界《ハデス》へと追放されたサトゥルヌスは、天球の最下部を支配する」、あるいは、「彼自身が父であり老人であるサトゥルヌスは、老人と父親の宿命を定める」(1)に変化。

土星がもつ天文学的属性は、人間の性格に凝縮される。三〇年かかる公転の遅さは、土星の下に生まれた人間に、怠惰という性格を与えることになる。メランコリー＝土星の娘の解釈が成り立つ所以である。惑星の性質が普遍的な自然法則の枠組みに組み込まれたために、地上の全ての現象は天体の影響下にあるとする、占星術の基本的理念が、ギリシャ思想に近づくことになる。

土星には六人の子供がいる。三男神 (Jupiter, Pluto, Neptune) と三女神 (Juno, Ceres, Vesta) である。プリュートウ、ネプチューンはそれぞれ土（冥界）、海の支配者であるから、土星は大地と水（＝想像力）に関係してくる。万物の創造主クロノスは、父ウラヌスを去勢した同じ鎌で、我が子ゼウスによって自らが去勢される。そして大地の神ガイアの用意したこの鎌は、恐ろしい凶行に使われたが、同時にそれは収穫の道具であった。

土星が一公転に要する期間は長い。

Knowledge comes, but wisdom lingers.（A. Tennyson）

知識はすぐ手に入るが、叡智が身につくには時間がかかる。

哲学者たちがサトゥルヌスを老人というのは正しい。老人は成熟した判断力をもつ。プラトンは土星の子供という（M・フィチーノ、一四三三—一四九九）。こうして叡智はネオ・プラトニズムの属性となる。フィチーノについて付言したい。「宇宙を完全に統一された有機体と考えている彼は、地上と天上の世界が、単なる照応関係を越えた、天体から流出する〈光線〉あるいは〈流入物〉というかたちでの、活力の絶え間ない交流によって結ばれていると考える」[2]。フィチーノによれば、惑星はみな全一者の性質を分有することになる。

土星は惑星のなかで最高位に位置する。しかし、王位簒奪の戦に敗れ、地底に鎖で繋がれる（キーツ『ハイペリオン』参照）。土星は天空における最高位から、地底（天底）という最下位にいたる行動軌跡を描くことになる。この軌跡を、魂の旅路＝想像力として捉えるのがフィチーノの考え方である。土星に栄光を与え、メランコリー解釈に近代性をもたらせたといえる。

楽園追放によるアダムがもたらしたもの、それは二元論ではなかったか？　天と地、神と悪魔、永遠と瞬間、天国と地獄、光と闇。そして天界（惑星・最高位）と地底に居をもつ土星の二元的性格。娘メランコリーはまさにアダムの罪である。メランコリーは全ヨーロッパ的概念といえる。だがルネッサンス期より変容しはじめ、キーツの「憂鬱のオード」において見事に近代性を帯びることになる。この小論はドイツの銅版画家アルブレヒト・デューラー (Albrecht Dürer, 1471-1528) の問題作「メレンコリア1」"Melencolia 1" の意味するものが、いかに知的であるかを明らかにし、それを軸にしてオスカー・ワイルド、ウォルター・ペイターの所謂《いわゆる》、イギリス審美主義に繋《つな》がるキーツの美意識が、本質的に極めて知的であることを示そうとする。

（二）

ここで「メレンコリア1」を写実的に歌うジェイムス・トムスン（一八三四―一八八二）『恐ろしい夜の街、その他の詩篇』*The City of Dreadful Night, and Other Poems* (1880), No. 21 の第一連～第六連[3]を掲げよう。

（1）　あの北方の山頂近くに
荒涼とした平坦な高地が広がり、
そこから街が東と南と西に向かって

長い波間に静かに姿を消している。
ここに王座を占めて、ひとつの像が坐っている、
盛り上がった四角い御影石の台座に乗った
翼の生えた女の、人間を越えた巨大な青銅像だ。

（2）

低く腰を屈め、堂々と身を乗り出し、
左の拳を頬に当て、腕の筋肉は逞しく隆起し、
肘を丸い膝に預けている。
膝の上の止め金をかけた本に右手を置き、
一対のコンパスを構えている。
開いた眼を見据えているが、暗い思考の迷路をさまよって、
外なる事物を見てはいない。

（3）

言葉でこの女を描くことはできない。
だが、かの純粋で不幸な画家が三百六十年前に
奇妙な頭脳の空想から紡ぎ出した、
あの荘重な素描を知らぬ者はない。
足下に散らばる建築と科学の道具が

平然と眠る獰猛な狼犬と
不思議な調和を保っている。

（4）

上には秤、砂時計、鐘、魔法陣がある。
隣には重々しい太り肉の子供が腰かけ、
鳩のような小さな翼を広げて
沈んだ眼差しで書板に見入っている。
女の畳んだ翼は鷲のように力強いが、
大地から生まれたその女王の如き誇り高い頑丈な体を支えるには
あまりにも弱々しいものである。

（5）

あの翼とあの軽やかな冠、
女の偉大な頭部、邪悪な思いと夢に満ちた額の
固く結んだ皺を嘲るような花冠の他には、
家を守る鍵の束、
襞がありながら硬直したように見える
磨き上げた冷たい金属の殻のような膨らんだガウン、
そしてすべての弱さを踏みしだく厚い靴の足。

（6）　彗星が無人の暗い海にかかり、
その前方で巨大な虹が
帆柱と木立のある村の彼方に孤を描いている。
地獄の底から現れた、犬の顔と蛇の体をもつ小鬼は、
蝙蝠の翼に書いた女の名を
太陽の王国に示している、
あらゆる人智を超越する「メレンコリア」と……

一読してわかるように、トムスンは青銅版「メレンコリア1」に描かれている事物の一つ一つを細かく詠いあげ、主題メランコリーの内容を、克明に描きだしている。デューラーの時代、十五世紀は黒死病が蔓延し、多くの人が死に直面し、ヨーロッパは絶望の暗雲に閉ざされていた。この事実が「メレンコリア1」の創作と深く関わりあう。人間のいのちの儚さ。「死を想え」"memento mori"の終末思想に時代は覆われていた。

この銅版画には幼児期、壮年期の自由奔放な二人の人物が対比されている。幼児と、憑かれたように考え込む血気盛んな中年の女。両肩の翼は、過ぎ行く時の速さと、叡智を得、永遠の羽ばたきを願う魂を寓意的に示す。描かれている虹及び、まさに燃え尽きようとしている彗星は、美の儚さに通じる。「メレンコリア1」の文字を記した横幕を掲げる蝙蝠は、憂鬱質の人間の属性であり、また夕闇と共に飛び立つ知性のアナロジーでもある。糸巻き、砂時計、鐘は時間。デューラーはフィチーノか

1. アルブレヒト・デューラー《メランコリア》1514.

ら多く学ぶ。フィチーノによると、人間の魂は、想像力、理性、叡智（精神）からできているという。(4) 梯子に魂が想像力から叡智へ上っていく寓意がある。魔法陣は護符。全ての行の数字の和が34になっているのに注目。デューラーの母親は18人子供を産むが15人失う。彼女の命日は1514年5月16日。15＋14＋5＝34である。魔法陣全体の区画数は16。彼女の命日と一致する。偶然ではあるまい。また右手の奥にある窓も戸もない建物は建築中である。女は頬《ほお》に左手を当てている。これは悲嘆、疲労、創造的思索を表す。元来、古代ギリシャ・ローマ時代、ヴェイルを被ったクロノスは、悲しそうに物思いに沈んだ様子で頬杖をついている。「握り拳と黒ずんだ顔」(5)の意味するものはなにか。黒い顔は大地の中心に似た性格をもつ黒胆汁、サトゥルヌス、叡智をも表す。同時に、中世の伝統的な憂鬱症の主題であり、思索の含意がある。思索は、右手にもつコンパス、足元の定規、球体などの幾何学用具と関連する。土星は農耕神で測量と繋がる。秤もある。これらは銅版画の最重要課題でもある。この図は、「一人の人間の姿の中に象徴化された、抽象的、非人間的観念の画像」(6)といえる。

ところで、神にも野獣にもなりうる可能性が人間の人間たる《ピコ・デルラ・ミランドゥラ》所以であろう。したがって、土星の下に生まれた人間は最善か最悪のもの、というサトゥルヌスの特性は重要になってくる。土星は不吉な悪霊でありながら、同時に、「老いることのない知性」、「知性の神」であった。すなわち、怠惰（悪、罪）と幾何学（知性）の両面を描きだしているのが、この図である。

デューラーのメランコリーは、「心の中の幻想に捉われた精神」[7]の高貴性について描かれている。のこぎり（ボロボロの歯こぼれは、死と思索の苦悩に通底）、梯子、巻尺、ハンマーなどの大工道具の放置は、実用的道具を用いて仕事することは無意味と女は考えている。無為のポーズの理由であろう。鉋、球体、多面体などの測量、建築用具もある。しかし、怠惰の本質は真の思索に通じ、労働に優る（キーツ「ツグミのいったこと」参照）こうみてくると、「握り拳で頭を支えている」女の姿は、「握り拳」が思考、思索の中心に近づいていると分かる。すなわち、この「握り拳」は、創造的な仕事に精神的努力を集中する理性的な人間の手、と解釈できる。眼は見えない世界を凝視している。理解し難い何かを把握しようとする鋭い眼差しだ。蝙蝠《こうもり》は「精神の神秘的な薄明」を示す。

女が肩から下げている袋は、財布（富）。物質的、精神的貪欲を示している。腰に吊るしている鍵も、富、権力を意味する。富＝収穫と考えると、鍵に鎌の含意がある。芸術家として一家をなせば、両者ともども要求するのが自由学芸の思想であったが、「力」は最高の知性の象徴である。

蝙蝠の頭の部分が犬に似て、尾が蛇状なのは？　そこには己のアイデンティティを発見しえなかった人間の寓意がこめられているかも知れない。時代を問わず、人間の自己発見、生のありようは難しい。蹲《うずくま》る犬の含意はなにか？　犬は誠実。学者、預言者、憂鬱質人間の属性。犬は眠たげな様子。なにも意識していない心のやすらぎ。逆に、憂鬱という不快感に身を委ねる動物の愚かな悲哀さえ漂う。

動き回る幼児の姿。ひと癖ありげだが、未熟すぎて思考の苦悩にほど遠い。糸車は回っている。そのため、無意識の活発な動作が、女メレンコリアの憂鬱をいっそう深めている。間近に迫る海、浮かぶ小舟は、未知の世界に旅立つ魂の秘かなる苛《いら》立ちと呼応。さまざまな問題に取り組むメレンコリア。彼女の悲哀は知的である。月桂冠を額に載せていても、勝利の微笑みはない。漂うけだるさは、蹲る犬の無自覚な安心感に通じる。まだ自己意識もなく、幼児の無心に動き回る幸福感。さりながら、魂の知的薄明は近い。

以上、デューラーの銅版画に描かれているさまざまな事物を通し、メランコリーの本質を見てきたが、この「死に対する賢明な自覚」、「知性による魂の飛翔」のテーマは、これから述べるキーツ、ワイルド、ペイターをつらぬくイギリス文学の審美主義の系譜の大いなるテーマでもある。以下、論をすすめたい。

（二）

青春、美、愛はクロノスの属性である。時はつねに裏切り深い (treacherous)。ワイルドの『ドリアン・グレイの画像』*The Picture of Dorian Gray* を見てみたい。

主人公ドリアンは、この世のものとは思えないほどの美貌の持ち主。名門の出身。二〇歳になろうとしている。この若者の精神に決定的影響を与えるのがヘンリー・ウオットン卿 (Lord Henry Watton)。

この小説のハイライトは、第Ⅱ章においてつぎのような会話ではじまる。

「なぜなら君は最も素晴らしい若さを持っているからだ。若さこそ持つに値する唯一のものだ。」

「ぼくはそうは思わない。」

「いや、君はいまそのことを感じていないだけだ。いつか老い、皺が寄り、醜くなったとき、想念が皺を刻み、額を焼くとき、情熱がおぞましい炎で唇を焦がすとき、君はそれを感じるだろう。君はそのことを恐ろしいほど痛感するだろう。今、何処へ行こうと、君は世界中を魅了する。だがいつもそうだろうか？　～美は天才の一形式なのだ。～いや、実際は天才より高度なものなのだ。説明の必要はないだろうが。～美はその持ち主をプリンスにさせる。君は嗤《わら》うのか？～ああ、美を失ったときも君は嗤えるだろうか。ぼくにとって美は驚異のなかの驚異だ。～そうだグレイ君、神々は君に対して寛大であった。だが神々は与えたものを忽《たちま》ち奪い去ってしまうのだよ。実際、君が完璧なまでに充分、生きられるのはほんの数年しかない。青春が去ったとき、君の美しさも共に去るだろう。そのとき、君は突然、いかなる勝利も残されていないことに気づくだろう。そして過去の記憶が敗北よりもっと苦々しくさせるような、あの惨めな勝利感で、君は自らを満足させなければならないであろう。時の推移は一ヶ月ごとに君を何か恐ろしいものに一層近づける。時は君を嫉妬している。時は君の白百合と薔薇の青春に戦いを挑んでいる。君は早晩、黄ばんだ土色の肌になるだろう。そして頬はこけ、眼の輝きは精彩を失うであろう。君はひどく苦しむだろう。～ああ、若さに溢れているとき、その若さを自分のものにし給え。自らの黄金の日々を浪費する勿《なか》れ。退屈な人間の言葉に耳を貸し給うな。希望のない失敗を推し進めようとする勿れ。また君の人生を、無知なる者、つまらぬ者、俗なる者に与えたりしてはいけない。〜生きるのだ！　君のなかにある驚異の生を生きよ。君は何ものをも失ってはならない。つねに新しい感覚を探求せよ。何ものをも恐れる勿れ。〜新快楽主義〜これこそ我らの世紀の欲するもの。君はそれの眼に見える象徴かも知れない。全世界はしばらくの間、君のものだ。〜仮に君の美が浪費されるならどんなに悲劇的であることか、とぼくは思っていた。なぜなら、君の青春がつづくのはほんの一瞬に過ぎないからだ。丘に咲くありふれた花は凋落してもまた咲く。〜しかし若さはもとに戻せない。二〇歳のとき我らの体内に脈打つ歓喜の鼓動はやがて緩慢になる。我らの四肢は衰え、感覚は鈍くなる。我らはやってみたくても怖くて行い得なかった激しい情熱の追憶、身を任せる勇気をもたなかった、あの何ともいえぬ誘惑の追憶に、しばしばとり憑かれ、おぞましい操り人形に堕落してしまうのだ。若さだ！　若さだ！　若さ以外に絶対的なものはこの世に存在しえない。(8)」

ヘンリー卿の魂の叫びに近いこの言葉は、ドリアンの心を捉えずにはおかなかった。神と悪魔の棲むのが人間の内なるこころである。やがて彼は、一七歳の汚れを知らぬ女優、シビル・ヴェイン (Cibyl Vane) と恋に陥る。だが魔性に憑かれはじめた彼。この恋は忽ち色褪せてしまう。友人の画家バジル・ハルウォード (Basil Hallward) はすっかりドリアンの美貌に心奪われ、見事な彼の肖像画を完成させる。ヘンリー卿によって己の美しさを自覚しはじめた彼は、自らの美は損なわれずに、肖像画が身代わりになって年老いて欲しいと願う。願いは叶えられ、彼は年取らず、逆に画像が、彼の醜い行為の度ごとに色褪せ、歪む。

このような倒錯によって小説は展開。若さ、美への執心を逆説的、アレゴリカルに描くのが、この作品の特徴である。喜び（美）は、一度手に入れると、姿を変えて嫌悪感を与えるようになる。メランコリーが基底に忍びこんでいるのは見逃せない。

ところで「機会」（occasion）の語源はラテン語の“occāsiō”（1. 機会、好機、2. 突撃、奇襲）である。それは前髪を垂らせ、後頭部の禿《は》げ上がった子供老人の姿によって比喩的に表される。機会は忽ち去る。今だ！　と思った瞬間、手を伸ばして掴《つか》まないと、時すでに遅しとなる。機会＝時間の精髄――創造（発展、変化）の可能性が秘められている。

渓《たに》の水汝も若《わか》しよき事の外《よそ》にあるごと山出《い》でて行く（与謝野寛）

『明星』の与謝野寛による、四万十川の清流を詠った比喩的な歌である。「よき事の外にあるごと」と、若さゆえの憧れを少々、揶揄《やゆ》している。機会を得れば、一見、定めない憧れごころも彼のアイデンティティをかき立てる。自己変革の第一歩を大きく踏み出す場合もある。反面、折角の機会も、創造、発展、変容に結びつけ得ないまま、郷里に帰る者も無数にいよう。

What might have been is an abstruction

Remaining a perpetual possibility
Only in a world of speculation.
(T. S. Eliot, 'Burnt Norton', 6–8. *Four Quartets*)

なったかも知れないというのは
ただ思索の世界においてのみ
永遠の可能性を残したままの一つの抽象だ
（T・S・エリオット「バーント・ノートン・I」、『四つの四重奏』）

2. 青春の女神ヒービー

行う勇気がなく実行しなかったため、後になって後悔するかも知れないという風刺がここにはある。ヘンリー卿の言葉とあわせ考えるとき、深い感慨を読者に喚起させる。

ここでメランコリーの両義性について補足したい。光と闇の二元論視点はアダムの原罪に由来する。問題は、メランコリー解釈の歴史的変遷の視点である。すなわち、デューラー以前のメランコリーは、がいして精神の病気の状態を指し、それを罪、悪と捉え、いわば「黒い憂鬱《ブラック・メランコリー》」と認識。だがシェイクスピア（一五六四―一六一六）、ミルトン（一六〇八―七四）の頃から変化していく。たとえば「沈思の人《イル・ペンセロウソウ》」においては、メランコリーの諸要素――恍惚、沈黙、音楽性、陰鬱、観想など――が調和し、一幅の絵画になっている。そして魂が自らの孤独を楽しむことによって、いっそう自我を深めていく。孤独は己を養う糧《かて》である。

シェイクスピアによると、例えば、『お気に召すまま』（第二幕・第五場）のジェイクイーズ（Jaques）のせりふでは、「いたちが卵を吸うように、私は（明るい）歌からメランコリーを吸いだすことができる」という。喜びと悲しみの融合である。この傾向は、T・グレイの「悲歌」、また「崇高《サブライム》」理論などの影響による中世趣味の詩も含め、メランコリーの内容深化の過程と重なる。だが十八世紀の「多感」の波にいったんは埋没する。巨視的には、いわゆるゲーテ的「白い憂鬱《ホワイト・メランコリー》」変遷のプロセスの一環と、捉えられよう。こうしてキーツの近代的美意識を迎えることになる。(9)

ところで、父ウラヌスの玉座を奪ったサトゥルヌスが、いっぽうにおいて「悪」の代名詞になっているのは興味ぶかい。子が父を裏切る。「時」は人に「知」をもたらす。我が子に知性が根付くとき、親は否定される。デューラーの銅版画において、定規、コンパス（幾何学）は知性のアナロジーであり、時（翼）の属性《アトリビュート》である。

さきの『ドリアン・グレイの画像』において主人公は恋人、シビル・ヴェインを死に追いやってしまう。友人バジルの存在も、不都合になると薬殺させ、完全犯罪を敢行する。表面の美貌、若さと裏腹に、彼の画像は屋根裏で醜く歪《ゆが》む。やがて正視するに耐えられないまで変貌していく。遂に己の画像に刃《やいば》を突き刺すことによって、自らも果て、事件は幕を閉じる。

作品の行間に滲み出ているのは、作者が問いかける人間の良心である。これは魂の神性《デヴィニティ》と関連する。プラトンの『パイドロス』、「エロース神話」によると、魂は、天空の果ての「真理の原」において、真善美を神々と共に観る。両者は共通体験をもつ。魂は二頭立て馬車というアレゴリーで語られている。やがて左の馬「情念」はその地上性ゆえに、次第にバランスを崩し、魂は落下していく。このプロセスにおいて少しずつ、神性を失う。逆にいえば、魂は下降するにつれ、サトゥルヌスの無気力、マルスの怒り、ウエヌスの色欲、メルクリウスの金銭欲、ユピテルの権力欲を身につける。最後まで残る神性、それが人間の良心の謂である。

こう見てくるとドリアンの意味するところは、ゲーテ的な自己を生き尽くす“sich auf leben”ではない。行間に人間の良心を響かせながら、花のいのちを惜しめ、にあるだろう。「生命」は土星と繋がっている。

（四）

さてイギリス文学における審美主義の系譜でいえば、ワイルドの次には当然、ペイターということになる。ここで取り上げるのは『文芸復興』*The Renaissance* の「結論」、特に後半である。

哲学的思索とは、生に目覚め、惰性を逃れることであると、ノヴァーリスはいう。人間の精神に対する思弁的教養の哲学的効用は、不断の熱心な観察的人生に対し、人間の精神を覚醒させることである～経験そのものを除き、経験のもたらすいかなる果実も、目的ではない。さまざまなドラマティックな人生を生きる我々には、一つ一つ数えられる脈拍しか与えられていない。その限られた短い生のなかに、どうして我々は、洗練された最高の感覚によって見るべきもの全てを見ることができようか？ ～この固い宝石のような炎をつねに燃やしつづけること、それが人生における成功の秘訣である。～彼は自らに問いかけた。一体どうしたら残された短い人生を可能な限り、精一杯、活用しうるかと。そしてそれは知的高揚～によってでなければならない～。然り！我々はヴィクトル・ユゴーのいうように、みな、死刑囚である。我々はみな死の宣告をうけているが、不確実な執行猶予がついているに過ぎない。我々には短い生しかない。やがてこの地上から姿を消してしまう。ある者はこの短い生をぼんやり過ごす。またある者は高い次元の激しい情熱を燃やして過ごす。少なくとも「この世の子らの中で」最も賢明なる者は、芸術と詩歌のなかで過ごす。なぜなら、我々の唯一の機会は、この短い生を拡大させ、できる限り多くの脈拍を、この与えられた時間の中に注ぎこむことにあるからである。大いなる情熱は我々に、この生き生きした生の感覚、愛の恍惚と悲哀、無私のものであれ、利己的なもの～であれ、さまざまな形の熱烈なる活動を与えるものだ。この生き生きした多様性のある意識の果実を、人々に与えるのは、まさに激しい情熱だけなのだ。詩的情熱、美に対する欲求、芸術のための芸術への愛こそが、そのような叡智を最も多くもつのである。なぜなら、芸術は過ぎていく瞬間、瞬間に、そして純粋にこの瞬間のために、その最高の特性のみを与えようと、はっきり意図しているからである。(10)

ペイターの思想は、ヴィクトル・ユゴーの「人間はみな執行猶予つきの死刑囚」という考えと重なる側面をもつ。ここに引用したくだりに、ペイター自身のキーワードが鏤《ちりば》められている。すなわち、「固い宝石のような情熱の炎をつねに燃やしつづけること」“to burn always with this hard, gemlike flame"、「知的高揚」"intellectual excitement"などなど。さらに、末尾の魂と芸術の本質との融合、そこには彼の知的高揚と芸術至上主義の重なる処がある。だが、キーツの美意識には深化したメランコリーがある。

要するに、短い生命しか与えられていない人間は、いきいきした生の感覚を曇らせたり、衰えさせたりすることなく、いまの瞬間を大切に生きよ、というように尽きる。正にメメント・モリの命題であり、死に対する賢明なる自覚といえる。老いることのない鋭い知性を磨き、それをしっかり自らのものにする。これがメランコリー（サトゥルヌス）の命題であった。現在の一瞬のなかに魂の精髄と、対象とする芸術の精髄が溶解しあう。情熱が激しく燃えていればそこに創造が生まれる。対象に己の情熱の全てを燃焼させること。創造は未知の領域への挑戦。つねに時の精髄を己の魂に取り込まなければならぬ。それが惰性からの脱却である。知的高揚は強烈なる知的好奇心によって生まれる。

ところでメランコリー症の人間は、いつも時間と無限、（闇と光、地と天、悪魔と神）の対立に苦悩する。この意識が喜びと悲哀（ecstasy, forlorn）を交錯させる。彼は自らの恍惚に積極的価値を与え、メランコリーを通して、己が永遠に帰属すると一瞬、感じる。知性に裏付けられた想像力と、過ぎゆく時間の精髄を生きようとする詩人の眼差しは、宇宙の星の光の生命力を反映させる。ミルトンから脱皮し、シェイクスピアに近づきつつあったキーツ。彼の美意識は、サトゥルヌスの知性と同時に、北極星の不動に憧れる。現実のなかに潜む永遠性の、彼なりの追究方法。このロマンティック・メランコリーはきわめて近代的である。もともと、デューラーのメレンコリアは、一人の人物として姿を現したのであつた。このような視点から「憂鬱のオード」を考察しよう。

注

(1) Raymond Klibansky, Erwin Panofsky, and Fritz Saxl *Saturn and Melancholy: Studies in the History of Natural Philosophy, Religion and Art* (London: Thomas Nelson & Sons Ltd., 1964), p. 142.
(2) *Saturn and Melancholy*, p. 264.
(3) *Saturn and Melancholy*, pp. 233–34; レイモンド・クリンバンスキー、アーウィン・パノフスキー、フィリッツ・ザクスル『土星とメランコリー――自然科学、宗教、芸術の歴史における研究』、田中英道（監訳）、榎本武文、尾崎彰宏、加藤雅之（共訳）、晶文社、1991. pp. 470–71。
(4) *Saturn and Melancholy*, p. 265.
(5) *Ibid.*, p. 289.
(6) *Ibid.*, p. 304.
(7) *Ibid.*, p. 318.
(8) Oscar Wilde, *The Picture of Dorian Gray* (Paris: Charles Carrington, 1908), pp. 34–36.
(9) *Saturn and Melancholy*, pp. 235–38.
(10) Walter Pater: *The Renaissance: Studies in Art and Poetry* (London: Macmillan, 1910), pp. 236–39.

二．「憂鬱《メランコリー》の賦《オード》」

「憂鬱の賦《オード》」はボードレール (Baudelaire, 1821–67) の『悪の華』*Les Fleurs du Mal* を「先取り」(fore-taste) しているという。これは、カザミアン (Louis Cazamian, 1877–1965) の有名なコトバ[1]として知られている。

Tu ressembles parfois à ces beaux horizons
Qu'allument les soleils des brumeuses saisons;
—Comme tu respendis, paysage mouillé
Qu'enflamment les rayons tombant d'un ciel brouillé![2]

君はまた霧深き季節の太陽に照らされし
かの美しき地平線に似通ふときあり——
曇れる空より洩れ落つる光に燃ゆる
潤《うる》みたる風景《ながめ》のごとく、いかに君の輝くことよ！[3]

Une femme passa, d'une main fastueuse

Soulevant, balançant le feston et l'ouret;
Agile et noble, avec sa jambe de statue.
Moi, je buvais, crispé comme un extravagant,
Dans son œil, ciel livide où germe l'ouragan,
La douceur qui fascine et le plaisir qui tue.

Un éclair … puis la nuit!—Fugitive beauté
Dont le regard m'a fait soudainement renaître,
Ne te verrai-je plus que dans l'éternité?[4]

一人の婦人が、美しいその片手で
花模様の縁飾りをした裳裾《もすそ》を取って揺りながら
彫像のやうな脛をこぼし、軽快に、気品ある姿で通り過ぎた。
私は無法な男のやうに身をひきつらせて
嵐を孕んだ鉛色の空にも紛ふその眼の中から
心を蕩かす甘やかさと生命《いのち》を奪ふ快楽を飲んだ

電光一閃——後は闇夜！——その眼差しで忽然と
私を蘇らせたまま束の間に消えた美しい女《ひと》よ、
あの世でなければあなたとはもはや逢へないものだらうか。(5)

『悪の華』は五感に訴え、倦怠の中に瞬間の煌めく美をうたう。だが、A・C・スウィンバーン(Algernon Charles Swinburne, 1837–1909)は、キーツの「ヴォックスホールでしばし垣間見たある女」“A lady whom he saw for some few moments at Vauxhall”と、「行きずりの女に」を比較し、前者に好意(préférence)を寄せている。(6) キーツのソネットの、控え目な含蓄がいい。一瞬のうちに消えた女性を称える、行間に漂う美に、儚さ、可憐、心からの哀惜が伝わってくる。

Time's sea hath been five years at its slow ebb;
　Long hours have to and fro let creep the sand;
Since I was tangled in thy beauty's web,
　And snared by the ungloving of thine hand.
And yet I never look on midnight sky,
　But I behold thine eyes' well memoried light;
I cannot look upon the rose's dye,
　But to thy cheek my soul doth take its flight;

I cannot look on any budding flower,
　But my fond ear, in fancy at thy lips,
And harkening for a love-sound, doth devour
　Its sweets in the wrong sense:—Thou dost eclipse
Every delight with sweet remembering,
And grief unto my daring joys dost bring.

時の海の五年の歳月が過ぎた　緩やかな引潮のまにまに
砂浜のここかしこに浸透し　消えた時の流れの遥けさよ
ぼくが君の美しい容姿のすべてに絡めとられ
こころは君の意のままになって以来このかた
真夜中に空を見上げても　映るのは
ぼくのこころに刻まれたきみの双眸の輝きばかり
花薔薇の可憐な色合いを見ても　想い出す
愛しい君の頬にぼくの心は飛んでいく
蕾ふくらむ花を見れば想いだす
夢にみる君の唇のせつなさよ　空耳か
ふと聞こえる愛のささやき　夢中になるぼく

その甘美さに心乱れ――君は翳を落とす
うっとり思いだすぼくのすべての喜びに
悲しみに沈む　この胸のときめきよ

夢幻のなか、触、味、嗅、視、聴覚に訴える語彙。煌く閃光。キーツ詩のコトバの豊かさ。だがキーツは、「時折姿を現す、恐ろしい病的資質」"a horrid Morbidity of Temperament which has shown itself at intervals"[7]の持ち主であった。そして「来り去る」"comes and goes"「メランコリーの発作[8]」は、日常生活における彼自身の身近な問題なのである。

Ode on Melancholy

(1)

No, no, go not to Lethe, neither twist
　Wolf's-bane, tight-rooted, for its poisonous wine;
Nor suffer thy pale forehead to be kiss'd
　By nightshade, ruby grape of Proserpine;
Make not your rosary of yew-berries,
　Nor let the bettle, nor the death-moth be
　　Your mournful Psyche, nor the downy owl

A partner in your sorrow's mysteries;
For shade to shade will come too drowsily,
And drown the wakeful anguish of the soul.

ならぬ　ならぬ　三途の川に向かってはならぬ。しっかり根づいた
トリカブトを捩って　毒酒を搾りだそうとしてもならぬ
プロサパインの赤い実のイヌホオズキで　お前の蒼白な
額に唇づけさせてもならぬ
イチイの実で　お前のロザリオを作ってもならぬ
甲虫　死蛾をお前の悲しい
霊魂とし　柔毛のフクロウを
お前の悲しみの秘儀を行う仲間にしてもならぬ
なぜなら　陰に陰を重ねると　物憂くなり
魂の目覚めた痛みを溺れさせてしまうからだ

連全体を支配する、やりきれない暗いイメージ。「ならぬ」"no" という否定語が九回繰り返され、「マイナス」の表現が溢れている。「三途の川」、「トリカブト」、「毒酒」、「蒼白な額」、「イヌホオズキ」、「イチイの実」、「甲虫」、「死蛾」、「悲しい霊魂」、「柔毛のフクロウ」、「悲しみの秘儀」という調子で

ある。憂鬱に浸り過ぎると、黄泉の国の女王に引きずり込まれる。余り落ち込まないほうがいい。ここにはどうにもならない憂鬱の状態、さきの「黒い憂鬱」を思い出させる。

くどいようなマイナス・イメージには、仕掛けがある。メランコリーの無気力に引き込む心理状態に、創造に通じる契機が潜んでいる。ネガティブなものを、ポジティブに変える能力。この逆説こそ“Negative Capability”の本質でなかったたか? ことほどさように、「陰に陰を重ねると余りにも物憂くなる」のあと、色調はしだいに変化。終行まで読みすすむと、読者は初めて詩人の意図について、この詩は何か重要なことを言おうとしているのでないかと、はっとする。“no”の反復が意味する否定の強烈さは、全体として語られる思想肯定の根強さを物語る。だが、初連で右に揺れた振り子は、第Ⅱ連では左に大きく揺れ戻す。そして、終連で垂直に静止する。オード全体を貫くキーワード、「魂の眼覚めた痛み」“the wakeful anguish of the soul”に注目したい。

メランコリー＝想像力という視点に立つとき、「魂の眼覚めた痛み」は、必然的に二元論的状況を意味する。天と地、生と死、光と闇、陽と陰、静と動、プラスとマイナス。湧きでる高揚感による精神の営み、想像力の飛翔は、このような対立状態から生まれる。このキーワードは、何か創造的、高度な憂鬱が歌われるのでないかと、暗示めいた期待感を抱かせる。

(2)

But when the melancholy fit shall fall
Sudden from heaven like a weeping cloud,

That fosters the droop-headed flowers all,
 And hides the green hill in an April shroud;
Then glut thy sorrow on a morning rose,
 Or on the rainbow of the salt sand-wave,
  Or on the wealth of globed peonies;
Or if thy mistress some rich anger shows,
 Emprison her soft hand, and let her rave,
  And feed deep, deep upon her peerless eyes.

だが額《ぬか》垂れる凡ての花たちを元気づかせ
緑に映える丘を四月の屍衣に包みこむ
雨を降らせる雲の訪れのように　突然　天空から
憂鬱《メランコリー》の発作が襲いかかるときには
貪り喰わせるのだ　お前の悲哀を　朝の薔薇に
潮の香匂う砂波の煌めく虹に
豊かな球はじける芍薬《しゃくやく》に
またもしお前の恋人が贅沢な怒りを示すなら
彼女のふくよかな手を絡めとって　怒るに任せるがよい

　そして比類なく美しい彼女の目を深くじっと見つめるがよい

初連には、有毒植物、不吉な小さい生き物、神話（プロサパイン、サイキ）が息づいていた。第二連は花、自然、生身の女性、恋人の登場。終連はアレゴリーによる総括。キーツは去りゆく一瞬の美に己の思想を詠い込もうとする。神話、ネオ・プラトニズムを基底に、未知の領域へと踏み込んでいく。ここで、「雨を降らせる雲」"a weeping cloud"は、「書簡集」の次の一節と響きあう。

Circumstances are like Clouds continually gathering and bursting—While we are laughing the seed of some trouble is put into the wide arable land of events—while we are laughing it sprouts it grows and suddenly bears a poison fruit which we must pluck—[9]

「人間の境遇は、絶えず湧き集まっては、弾《はじ》け、雨を降らせる雲のようなものだ。笑っているうちに、なにか面倒なことの種子が、事件を孕む現実と云う耕地には蒔《ま》かれている——我々が談笑している間にも、それは芽吹き、膨らみ、突然、毒の果実を実らせるから、摘み取らなければならなくなる。」

"A weeping cloud"は"Clouds continually gathering and bursting"と呼応。来り去る「メランコリーの発作」も基底に響く。この"bursting"は「胸痛む」"aching"、「啜《すす》る」"sipping"、「口蓋」"palate"などの語群と共振し、「喜びの葡萄」が「弾ける」"burst"に至る。詩人の意図は、一瞬に変化する美の感覚“Sensation”の動きを、一つの思想として捉えるにあるのではないか？　用語配置に注目したい。「書簡集」の一文は、このオード全体に深い関わり合いをもっている。

第二連は「魂の目覚めた痛み」の具体的な展開。「朝の薔薇」“a morning rose”、「潮の香匂う砂波に煌めく虹」“the rainbow of the salt sand-wave”、「豊かな球はじける芍薬」“the wealth of globed peonies”という鮮やかな、美と光のアクティヴ要素（匂い、色彩、音、触・味覚への誘惑）を、「お前の悲哀」“thy sorrow”というネガティブ要素（闇、陰）と対決させようとする。ところで、R・バートン Robert Burton の『憂鬱の解剖』*The Anatomy of Melancholy* の以下の文章に注目しよう。

…; “a black cloud of sin as yet obnubilates thy soul, terrifies thy conscience, but this cloud may conceive a rainbow at the last, and be quite dissipated by repentance.”(10)

……。「お前の魂を覆う黒い雲のような罪の意識が、良心を脅かすことがあっても、この雲は結局、虹を描く。心の改悛《かいしゅん》が雲を散らせるのだ。」

「雨を含む雲」と「虹」に、ロバート・バートンの影響と、日常生活の現象との重なりをみる。英国の春先から初夏にかけてのにわか雨は、降り始めたかと思うと止む。そして虹をもたらす。どんなに些細なものであるにせよ、人間が抱く「罪の意識」は「雲」と表裏しつつ、詩人の潜在意識に内在し、後述する実りの「秋」の擬人化、黄昏の芸術化に華開かせることになる。

"thy mistress" にせよ、"goddess" にせよ、キーツ詩には永遠の女性への憧れがある。『エンディミオン』以来の命題である。「芍薬」"peony" は、憂いに沈む兄、エンディミオンを慰め励ます妹 Peona。ピオナはさらにアポロの別名 "Paean"。ギリシャの歴史家・医者である "Paeon"[11] とも関連。「メランコリーの発作」を癒そうとする伏線は、行間に用意されている。対決から生まれる未知の領域。そこに、かつて存在しなかった新鮮なイメージがある。

Or if thy mistress some rich anger shows,
  Emprison her soft hand, and let her rave,
    And feed deep, deep upon her peerless eyes.

この部分は、つづく第三連と密接に繋がっている。詩人の意図する新しい美の凝縮。感覚に訴える生き生きした絵画性。そして思想性。時代に先行する、キーツの凝縮された美のひとつである。

「ぼくは心を動かす強烈な感情の神聖さと、想像力の真実以外には何ものも信じない――想像力が美として捉えたものは真でなければならない――たとえ以前に存在していたにせよ、存在していなかったにせよ――なぜなら、ぼくはあらゆる激しい情熱について、愛とおなじ考えを持っているのだから。あらゆる激しい情熱が荘厳な状態にまでなっていくと、みな美そのものを創造するからである。[12]」

「美そのもの（本質的な美）」“essential Beauty”、これが問題。さきの「メランコリーの発作」はこの「美そのもの」を求めてやまない。

恋人の怒りが「贅沢」“rich”なのがいい。この形容詞は、当事者である「お前」“thou”の主観である。キーツは、自らの精神と感覚でメランコリーを育み、対象相手の「美」を受け入れ、そこに「真」を発見する。状況の独創性に詩人がいる。己の感覚・意識の透徹性。ここでは彼女の「比類ない目」“peerless eyes”を「深く、じっと」“deep, deep”見つめるがよいという。しかも彼女の「ふくよかな手」を「絡めとって」“emprison”である。この逆説的な、意表をついた執念ぶかさ。そこに新鮮で眩しく閃く、幻覚にちかいイメージがある。感覚は極限にまで高められていく。この謎めいた幻の若い女人の美しい瞳《ひとみ》と対決する、詩人の未知の美を探究する眼差しが、新しい時代の黎明を告げている。

キーツは日常生活の些細な現象の中に、内なる苦悩を重ね、モーツアルトのように、それらを贅沢・豪華な美に変えてうたう。何事も経験しなければ知識にならないという、彼のリアリズムが放つ光芒。現実から掘り起こした新しい美への飽きることのない挑戦。新しい「美」誕生の息吹。

(3)

She dwells with Beauty—Beauty that must die;
　And Joy, whose hand is ever at his lips
Bidding adieu; and aching Pleasure nigh,

Turning to poison while the bee-mouth sips:
Ay, in the very temple of Delight
Veil'd Melancholy has her sovran shrine,
Though seen of none save him whose strenuous tongue
Can burst Joy's grape against his palate fine;
His soul shall taste the sadness of her might,
And be among her cloudy trophies hung.

彼女は「美」とともに住んでいる——だが「美」は死なねばならない
「喜び」はその手をいつも唇に当て
さよならと訣れを告げている　胸痛む「快楽」がすぐ隣にいて
蜜蜂が蜜吸うあいだにも毒に変じようとしている
そうだ　まさに「歓喜」の神殿のなか
ヴェイルに包まれた憂鬱は　その至高の聖域をもつ
だがその姿は強靭な舌で「喜び」の葡萄を
その鋭敏な口蓋で押しつぶし芳醇《ほうじゅん》な果肉を味わえる者にしか見えない
彼の魂は憂鬱の力の悲哀を味わい
彼女に捧げられたおぼろな戦利品に加えられるであろう

繰り返すようだが、第二連から第三連への推移を見よう、

Or if thy mistress some rich anger shows,
　Emprison her soft hand, and let her rave,
　　And feed deep, deep upon her peerless eyes.

She dwells with Beauty—Beauty that must die,

この場合“She”は文脈からいって“thy mistress”となる。つまりShe=thy mistress=Beautyである。「蜜蜂（詩人）」“bee”と“mistress”の対決が基底にある。蜜蜂を触媒とし、「美」、「愛」、「歓び」、「快楽」の擬人化が進む。そこに「胸痛む」“aching”という一語との共振がある。それらが、オードの思想に生命力を与えている点は見逃せない。

さて初連の神話の世界と毒性植物を語る、“no”の反復による暗いイメージは、第二連の美しい自然の華やかなイメージによって打ち消された。こうして、否定も肯定も、“thy mistress”に収斂《しゅうれん》される伏線の役割を果たしている。感覚に基づく「喜び・快楽」(Beauty)が、「死ぬ」という事実は、厳然たる真実。この“truth”は、一つの「思想 (Thought)」に属する。形而下的（触・味・嗅・視・聴）による美の感覚が、「毒」「醜」“poison”に変貌するプロセスの実証。ネガのポジへの変化のなかで思想を語らせる知的手法である。初連の神話性。第二連の具象性。第三連はアレゴリーで、統合的に締

めくくる。

初連「トリカブト」“wolf's bane”の「毒性ワイン」“poisonous wine”は、第三連では、「蜜蜂の口が吸う」“bee-mouth sips”に。「快楽」“Pleasure”は、吸うプロセスで“poison”に変質。「プロサパインの深紅の葡萄」“the ruby grape of Proserpine”は、「喜びの葡萄」“Joy's grape”に。「贅沢《ぜいたく》な怒り」“rich anger”を示す「お前の恋人」“thy mistress”は、トロフィを献上される「勝ち誇る女神」に変身。さらに、「雨をもたらす雲」は、美神に仕える詩人の献身性ゆえに「朧《おぼろ》な」“cloudy”「トロフィ」とコレスポンドする。“cloud”の“cloudy”への変化がいい。

第三連・初四行は、基底において、美(Beauty)、愛(Joy)、青春(Pleasure)の儚《はかな》さを詠い込めている。すでに見てきたように、アルブレヒト・デューラーの描く「メレンコリア」の女性は、知性を示すコンパスを右手に持ち、「四月の屍衣」より重厚なガウンを纏《まと》い、もの想いに耽り頬杖をつく。メランコリーの発作、「雨を降らせる雲」との関連性において考えよう。大きな鎌で機会(occāsiō)の精髄を刈りとるサトゥルヌス(クロノス)。時のエセンスに守られ、育まれる美、愛、青春。それらは一瞬のうちに色あせる。空には虹が懸かっている。儚い美は生の実相を映しだす。春から夏へのいのち輝くひとときは短い。美はたちまちグロテスクになる。時の翁はこどもと老人のヤーヌス姿である。深くじっと見つめられる恋人の瞳は、感度のいい強靭なお前の口蓋で、弾けんばかり舐め尽くされる「喜び」の葡萄の実である。弾ければ美は死ぬ。

限りない創造、創作意欲をかきたてる原動力、美。「歓喜」の神殿に祭られ、ヴェイルを被るメランコリーの女神は、この創造意欲と関係する。移ろう美を、瞬きの間に捉えようとする、永遠に対する挑戦。魂が目覚め、痛みを覚える所以である。

だがそれは強靭な舌で「喜び」の葡萄を
その鋭敏な口蓋で押しつぶし芳醇な果肉を味わえる者にしか見えない

ひたすら恋人の「美」を凝視し、「強靭な舌」で「美・喜び」の葡萄を、その「鋭敏な口蓋」で押しつぶす行為。そこに性の倒錯がある。「口蓋」"palate"は、「心の口蓋」"palate of the mind"（「ぼくは君の慈悲が欲しい」参照）と交錯。意志強固、対象に対し、心の挨拶を絶えず繰り返す、熱烈な美の探究。鋭い感性の持ち主のみ、メランコリーの女神のヴェイルを脱がせることができる。スローモーション・カメラで映し出される、「美」が「死」に到る「真」の思想を、「聖なる神殿」に奉納する儀式。想像裡に、神殿の壁面に描きだされる装飾模様（「フリーズ」"frieze"）を考察したい。このオードが創作された順序を辿れば、「ナイティンゲール」の永遠に憧れて歌う想像美、「甕《かめ》」の口づけ寸前の男女の姿、「サイキ」の神殿、擬人化された、「インドレンス」の愛・野心・ポエジイの陰も重なって見えてこないか。

ここでペイターのいう「固い宝石のような情熱の炎」、「知的高揚」という言葉を再確認したい。彼はさらに敷衍し、「不断の、熱烈なる観察」の効用と、「精神を絶えずかき立てる」必要性を説く。彼の云う"observe"は、キーツの"gaze"と同質であると知る。束の間の生に、「洗練された最高の感覚」"the finest senses"によって、精一杯、見られるだけ見、観察（凝視）することの必要性を彼は説く。

そのために、「固い宝石のような情熱の炎」を燃やしつづけることが、「人生の成功の秘訣」という。こうして、「魂の目覚めた痛み」の持ち主に、「知」による永遠の祝福があると知る。

彼の魂はメランコリーの悲哀を味わい
彼女に捧げられたおぼろな戦利品に加えられるであろう

「美」は一瞬に去る。それゆえに、貪欲に凝視し、そのエセンスを味わい尽くす努力を試み、自己を確立しなければ、生きている意味がない。去りゆく「美」の面影を心にとどめ、創造に生きる者だけが、メランコリーの真の姿を観る。「美」の側からいえば、「美」の内側深くに入りこみ、創造を通し、成長をつづける者にのみ、「美」は真実の姿を現す。鋭い感性、執念、ひたすらなる探究心のない者は、彼女の神殿に、戦利品《トロフィ》のひとつとして飾られない。トロフィは詩人の芸術作品。"Veil'd Melancholy"は美神。芸術家は美神に対し、つねに「魂の目覚めた痛み」を覚える。

キーツは絶えず知識を求めた。彼のいう「怠惰《インドレンス》」は創造性に通じる。詩に必要な知識("information")は、"the knowledge of contrast"つまり明暗二分法的《キアロスキューロ》な"the feeling of light and shade"(13)であると考えた彼。二元論である。この場合、"information"には"knowledge"の含意がある。この語法を、知識に対する彼の執念と捉えたい。

メランコリー(土星の娘)は極めて知的(アリストテレス)。フィチーノはメランコリーを、プラトンの「神的狂気」と同一視する。そこに新《ネオ》プラトン主義の精髄がある。(14)「魂の目覚めた痛み」はメランコリーのなかに真・善・美をみる。この狂気は黒胆汁と関連する。黒胆汁そのものは、大地の中心に似た性格をもつ。大地、地底、天空の果てまでCynthiaを求めた『エンディミオン』。シンシアは大地、天空、冥界の女王でもある。「憂鬱の賦《メランコリー オード》」においても、"thy mistress"は、プロサパイン――生身の女性――聖なる神殿に祭られ女神へと変化していく。女神は、変幻自在なカメレオン的要素をもつ普通の女性であり、同時に美神である。「現実」という意味においては、湧いては消える"a weeping cloud"と同根。来り去るメランコリー発作。イギリスの雲・雨・虹の自然に、詩人のカメレオン的変化を重ねているのかも知れない。

ところで、「ああ　私は思索の生活より感覚の生活を望む」"O for a Life of Sensations rather than of Thoughts!"[15]が示すように、キーツ詩には、情念と知性の葛藤が基底にある。感覚＝直覚の場合が多いのがキーツ詩。このコトバを検討しよう。

"Beauty", "Joy", "Pleasure", "Delight", "Melancholy"など、"Truth"と重なる抽象的、アレゴリカルな思索的・思想的コトバが、"the bee-mouth sips" "strenuous tongue", "Can burst Joy's grape", "his palate fine", "taste"などの感覚的コトバと、ごく自然に溶け合い、一体化している。伏線として、第二連の自然、植物性の賛美がある。

「口蓋」は「心の口蓋」でもある。すると「客観的相関物」"objective correlative"[16]的視点で、オード全体を捉えうる。すなわち、第二連の"roses", "rainbows", "peonies"は、第三連の"thy mistress"に収斂される。「お前の恋人」は「美」である。こうして「感覚」或いは「感情」"feeling"が、「思想」に置換され、オードの感覚性は思想的に捉えられることになる。[17]

キーツは、「落日」“sunset”の千変万化の色調を、深く心に刻み込ませている。ボードレールも「音と馨《かおり》は夕暮の大気の中に舞ひめぐる／愁《うれ》たき円舞曲《ワルツ》、物憂き眩暈《くるめき》！」[18]“Les sons et les parfums tournent dans l'air du soir,/—Valse mélancolique et langoureux vertige!”[19]と詠う。キーツは夕暮れの光景に、コトバで表現できない、“something of material sublime”を認め、それを己の詩作に取り入れたいと望んでいた（「親愛なるレノルズに」六九行）。「何か崇高な現実」の希求。「物質――現実」“materials”の中に「霊妙なるもの」“ethereal things”[20]を認めるキーツ。この逆説。そこには自我の客体化、意識的自我の確立がある。自覚のない無意識的惰性からの脱却の姿勢。知識を求め、ひたすらに知性を磨く詩人の心を映しとるコトバと理解したい。同時に「感覚は青春の姿を借りた、来るべき現実の影である」“It is 'a Vision in the form of Youth' a Shadow of reality to come”[21]と、感覚を捉えるキーツ。

落日は「秋」を意味している。その美は正に死なねばならぬ。知性による感覚の思想化は、詩人の生来の願望であった。“thy mistress”を幅広く深化させ、“something of material sublime”と捉えると、詩人の意図がハッキリしてこよう。「秋」のオードへの伏線をここに読み取ることができる。「芸術は過ぎていく瞬間、瞬間に、そして純粋にこの瞬間のために、その最高の特性のみを与えようと、ハッキリ意図している」と、ペイターはいう。

ところで、「魂の目覚めた痛み」は明らかに、最後のソネット“Bright Star”にひとつの照射を当てることになる。すなわち、つねに生き生きとした生の感覚を鋭敏にさせておくこと――不死が無感覚をもたらさないことを願いつつ、詩人はうたう、

Awake for ever in a sweet unrest,
Still, still to hear her tender-taken breath,
And so live ever—or else swoon to death.　（「輝く星」一二―四）

心地よい不安のうちに永遠に目覚めていたい
いつまでも　いつまでも彼女の優しい息吹を感じ
こうして生きていたい――でなければ気を失い息絶えたい

死に直面し、不動の北極星を心に描きつつ書いたこの詩は、詩人の絶唱。同時に、ボードレールが恋人マリー・ドブラン (Marie Daubrin) に捧げた詩に下記の一句がある。感動とは無縁であるけれども。

Le soleil a noirci la flamme des bougies;
Ainsi, toujours vainqueur, ton fantôme est pareil,
Ame resplendissante, à l'immortel Soleil![22]

太陽のために蝋燭の焔は遂に淡《うす》れ去りぬ
かくて、久遠の勝者たる光り輝く恋人よ、
御身の幻影はいまぞ不滅の太陽さながら！[23]

さらにこうも云える。「輝く星」のイメージは動的である。「メランコリーのオード」全体も「動的アレゴリー」(“allegory-in-motion”)[24]で躍動感に満ちている。このオードでは、思想的に「美」は「真」と一体化している。生と死のように。こうして相反する要素の一瞬における変容、それが第三連・三行目の「さよなら」“adieu”で捉えられている。

「魂の目覚めた痛み」の求めるものは、「メランコリー神殿」の彼方に「モネタ神殿」、「秋」がある。[25]このオードは、「没落」、「秋」の広がる結実の直前に創作された。こうして、詩人の心に焦り、苛《いら》立ちは去り、穏やかな精神状態が訪れることになる。

“Sometimes whoever seeks abroad may find
Thee sitting careless on a granary floor.” (“To Autumn”)

ときどき戸外を探し求めれば誰もが見かけよう
もの憂そうに穀物倉の床に腰掛けているお前の姿を。(「秋」一三―一四)

「お前」は秋。ありのままの現実。詩人は知識を求めて止まない。真の知識は、現実の芸術化を可能にし、心に平和をもたらす。

このように見てくると、苦悩を秘めるキーツの美意識は、カザミアンの指摘の側面も加え、時代の変遷とともに、ボードレールとの共振もさることながら、大きく捉えると、イギリス審美主義の系譜の原点に位置づけられるのではないか。同時に、神秘性に囚われない彼の Negative Capability は、ありのままの現実を求めて止まない姿勢を意味していて、創作過程に不可欠の基本的能力であることに変わりはない。

注

（1）Louis Cazzamian, "Modern Times (1660–1959)", *A History of English Literature*, trans. by W. D. MacInnes and Louis Cazamian, (Revised ed. London: J. M. Dent and Sons Ltd., 1960), p. 1064.

（2）Charles Baudelaire, "Ciel Brouillé", *Les Fleurs du Mal*, préfacée et annotée by Ernest Raynaud (Paris: Librairie Garnier Freres, 1949), p. 82.

（3）ボードレール、「曇れる空」、『悪の華』村上菊一郎訳（角川文庫、一九五一）、p. 81.

（4）*Fleurs*, "A Une Passante", *op. cit.*, p. 152.

（5）ボードレール、「行きずりの女に」、*op. cit.*, p. 147.

（6）*Fleurs*, *op. cit.*, Notes p. 303.

（7）Hyder Edward Rollins (ed.), *The Letters of John Keats: Vol. I.* (Cambridge, MA: Harvard UP, 1980), 142.

（8）Robert Burton, *The Anatomy of Melancholy*, ed. with an intro. by Holbrook Jackson ("Everyman's Library"; London: J. M. Dent & Sons Ltd., 1964), Pt. I, Sec. 1, Mem. 3, Subs. 4.

（9）*The Letters*, II, p. 79.

（10）Burton, *op. cit.*, 3.4.2.6.

（11）*Lempriere's Classical Dictionary* (3rd ed.; London: Routledge & Kegan Paul, 1984), p. 436.
（12）*The Letters*, I. p. 184
（13）*The Letters*, II. p. 360. Cf. Helen Vendler, *The Odes of John Keats* (Cambridge, MA: The Belknap Press of Harvard UP, 1983), p. 174.
（14）Raymond Klibansky, Erwin Panofsky and Fritz Saxl, *Saturn and Melancholy: Studies in the History of Natural Philosophy*, Religion and Art (London: Thomas Nelson & Sons Ltd., 1964), p. 259.
（15）*The Letters*. I. p. 185.
（16）T. S. Eliot, "Hamlet" (1919), *Selected Essays* (London: Faber and Faber Ltd., 1951), p. 145.
（17）Helen Vendler, *op. cit.*, p. 184.
（18）ボードレール「夕暮の諧調」, *op. cit.*, p. 77.
（19）*Fleurs*, "Harmonie du Soir", *op. cit.*, p. 78.
（20）*The Letters*, I, p. 143.
（21）*Ibid.*, I, p. 185.
（22）*Fleurs*, "L'aube Spirituelle", *op. cit.*, p. 77.
（23）ボードレール、「心のあけぼの」, *op. cit.*, p. 76.
（24）Helen Vendler, *op. cit.*, p. 176.
（25）*Ibid.*, p. 166.

三 イェイツとキーツ――『鷹の井戸』と『ハイピリオン没落』

（一）

イェイツは「人間の魂を神の域に高めよ」（'Bring the soul of man to God'「ブルベン山の麓に」）と言う。また「彷徨えるイーンガスの歌」では、知性を象徴するはしばみの枝に木の実をつけ、鱒(trout)を釣り、その鱒が、髪にリンゴの花を結ぶ美しい女性に変身。その妖精 Sidhe にみちびかれ、魂は、仄かに謎めく「白銀の月のリンゴ、黄金の太陽のリンゴ」探究の旅にでる。いっぽう、神に近づく魂をうたうキーツの場合、神的狂気メランコリーと響き合う「魂の創造」'soul-making' がある。この小論において、両者の意味するところの接点と、相違を探りたい。

永遠のいのち、神、超自然を 'being' とすると、楽園から追放されて以来、生誕、成長、凋落のプロセスを辿る人間は、'becoming' と規定しうる。この両者の溝を、イェイツは妖精シー、キーツは 'melancholy' によって埋めようとする。メランコリーはキーツの場合、パノフスキー (R. Klibansky, E. Panofsky and F. Saxl, *Saturn and Melancholy: Studies in the History of Natural Philosophy, Religion and Art.* 1964) 的視点からすると、人間の原罪に起因する。またプラトンのいう神的狂気と重なる。

記憶の女神 'Mnemosyne'（『ハイピリオン』）及び 'Moneta'（『ハイピリオン没落』）は学問を司る 'Athena' (Minerva) と同義であり、英知のイコン[1]である。ミネルヴァ出生の秘密 (Jupiter の脳髄から甲冑のまま躍りでる。母親はいない）を思うとき、*At the Hawk's Well* における若者クフーリンの、'true hero' の道を歩む生き方は、きわめて示唆にとむ。そして「没落」の意義に新しい角度から光をあてることになる。

『鷹の泉』において、老人と別れ、己の Daemon との対決を秘め、イーファ（女神・魔女）との戦いに赴くクフーリン。論者には、'true poet' を目指すアポロ・キーツ（二つの "Hyperion" の主人公、後者は「没落」と略記）の姿と重なる。このイェイツ中期の詩劇における Guardian（泉、泉を守る女—Hawk, 妖精）を、仮に 'intellect'（知性—英知）の使者[2]とするとき、全体の中心思想は、詩劇末尾、樂人の歌う五連詩・第三連・最終行 'Wisdom must live a bitter life' (*The Collected Plays of W. B. Yeats.*, p. 219)（以下 *C.P.* と略記）に収斂される。

（二）

『鷹の泉』について述べたい。背景はアイルランドの英雄時代。三人の樂人たちが一羽の鷹を暗示する金色模様の黒い布を、広げたり畳んだりしながら、ゴング、ドラム、チターの伴奏入りでうたう。彼らのうたは、陽が沈んだ夜の荒涼とした山の麓を描きだす。乾いた泉があり、落葉した枯れ木が立っている。泉の凹みは落葉で埋まり、泉を守る女が、神秘的な黒い衣装にすっぽり包まれ、地面に蹲っている。腰の曲がった老人がいる。彼は、頑なにもの云わぬ女の態度、崩れかけた岩、捻じれたはしばみに愚痴をこぼしながら、しゃがんで火を起こす仕草。このとき一人の若者が姿を現す。老人のこころは落ち着かない。己の領域が侵されるのでないかと気になるのである。若者は名乗り、この辺りに永生の水の湧く泉ありという噂をきき、駆けつけたと目的を告げる。彼の衣装はかなり派手。現世への未練を感じさせる。老人は品定めしつつ、水の奪われるのを恐れ、即刻、立ち去るよう強要する。彼はすでに五〇年、為すことなく、泉の傍らで待ちつづけ、ひたすら水の恩恵に与かろうとしてきた。三度、機会は訪れたが、その度に眠気に襲われ、気がつくと、周りの石にくろぐろと濡れたあとが残るだけで、湧き水は乾いていた。泉を守る女の眼つき、声は鷹のそれであった。空しく待たされつづけてきた老人。彼は用心ぶかい。水が湧いたら分かちあおうと、若者が謙虚な態度で申しでても、信用しない。若者は己の幸運を信じ、積極的である。睡魔が襲いかかるときは、足を刺し眠らぬ覚悟、と語る真摯な姿に、老人は怖れをなし、彼を諦めさせようとする。譲らぬ若者。このとき女が鷹さながら、鋭く鳴く。妖精の精霊が女に乗り移っていく瞬間である。女はまた啼き、恐ろしい生命を血管に駆けめぐらせ、身を震わせる。老人は若者に、決して女の眼を見ないようにと忠告。女は身につけていたガウンを脱ぎ捨て、暗示的な衣装姿で、鷹さながらの身のこなしで踊る。鷹の精霊にとり憑かれた女の視線を避け、老人は頭を抱えこみ、眠りに落ちる。いっぽう、若者は怯むことなく女の乾いた眼を凝視。このとき水が湧く。若者は湧き水の音をききながら、自らの意志に反し、踊りつづける女のあとを夢うつつ追う。老人が眼をさます。石が濡れているのに気づく。水はすでにない。呪われた影のような精霊に欺かれたと悔やむ。若者が戻ってくる。水の湧きでる正にその瞬間、鷹の女が、彼を、岩また岩の丘の中腹に連れだしていたと知る。このとき楯に剣を打ちあてる音がきこえる。

「あの女が、山間の猛々しい女たちを使嗾したのだ。お前のいのちを奪うために、イーファと彼女の率いる全ての軍隊を。だからお前は、土に帰る日まで、決して休息をうることはあるまい。」

(C.P., p. 218)

若者は武具の物音に心を高揚させ、イーファと相まみえる日を待ち望み、「もはや夢うつつでなく」、槍を手にし、戦いの場に赴く。最後に樂人たち、黒い布を広げたり畳んだりしながら、五連から成る詩をうたう。その第三連・最終行の一句、

知者は苦い生をいきねばならぬ

この一語に詩劇の思想が秘められている。真知を志す者は死ぬまで己の Daemon と戦いつづける。イーファ神族との戦いもその延長線上にある。

（三）

舞台は荒涼とした光景。乾き、まだ濡れていない窪み。三本のはしばみの枯れ木、蹲る黒い衣装の女。落葉が泉の凹みを埋めている。海から潮風が吹いている。「塩」'salt' は欲望の象徴。[3]「はしばみの枝が揺れ動き／太陽が西に沈む」(*C.P.*, p. 209)。太陽は人間の意識を象徴。月は出ない。「ああ妖精よ／～ドルイドの地よ、ドルイドの音色よ」(*C.P.*, p. 57) の雰囲気そのもの。はしばみはケルト神話によると生命の樹。落葉性で英知を表す。この荒涼とした光景は 'bitter wisdom'[4] を意味している。ところで、風についてイェイツはいう、

「わたくしは風を漠然とした欲望や希望を象徴するものとして用いるけれども、それは単に妖精たちは風の中にいるという理由ばかりでなく、風はまた自分勝手に吹くという理由ばかりでもない。風、精霊、漠然とした欲望は、いつも関連しあっているという理由による。」

(*The Variorum Edition of the Poems of W.B. Yeats*., p. 806)

枯れ落葉は欲望の残滓か。落葉を掻き集め、枯れ枝に火を灯す老人。見つめる鷹の女。日没。心の矛盾。やがて登場する若者と蹲る老人の姿。

"The heart would be always awake,

The heart would turn to its rest."（*C.P.*, p. 209)

いつも眼覚めようとするこころ
いつも休息に向かおうとするこころ

この二行が、樂人たちの歌う五連からなる最後の五連詩全体の柱となり、前掲の第三連・結びの句に反映。さらに、「揺動」sec. 1 (*C.P.*, p. 282)（後述）と呼応し、イェイツの思想の核心に触れる。「つねに眼覚めていようと欲する」若者。「つねに休息にむかおうと欲する」老人。老人は愚痴っぽい。長寿への願望も小さな動物的幸せ追究の極限に過ぎない。彼の語りを聞こう、

なにゆえお前はわたしに口を利かぬ？　なぜこう云ってくれないのか
「枝ばかりそんなに集めて疲れないのか
指先は冷たくないのか？」と　お前はひと言も云わぬ
昨日は三度話しかけてくれたのに　お前はこう云った
「泉にはしばみの落葉が詰まっている」と　また云った
「風は西から吹いていている」つづけて云った
「もし雨が降るなら泥水になるだろう」と
きょうお前は魚のように愚かだ

いやさらにひどい　生気なく黙りこんでいるのだから。」(*C.P.*, p. 210–1)

己のデーモンと対決しようとしない者は愚痴をこぼす。イーファとの戦いに赴くのは、己との対決である。一連のクフーリンもの(“On the Baile's Strand”, “The only Jealousy of Emer”)との関係については暫く措く。

‘That man I praise,’
Cries out the leafless tree,
‘Has married and stays
By an old hearth, and he
On naught has set store
But children and dogs on the floor,
Who but an idiot would praise
A withered tree?’ (第五連) (*C.P.*, p. 220)

「わたしが称えるものとは」と
落葉した木は叫ぶ
「結婚し　坐しているもの

古びた囲炉裏の辺りに　そして
ひたすら大切にするのは
子供たちと床の上の犬たちだけというもの。
うつけもの以外のいったい誰が称えようか
枯れ木など?」

樂人たちの歌う五連詩の最終連である。五〇年、ただひたすら、泉の湧き出るのを待ちつづける老人。消極的で、心の中に自らのデーモンを抱きえない者は、眼にみえ、手で触れうるものに幸福感を抱く。牧歌的世界が彼の居場所。荒涼とした光景のきびしさは若者の心象風景。そこには超自然界のアンビギュイティの反映がある。

女、鷹、泉は内なるデーモンと重なる。若者は「楽園を追放された人間」('man's fall from the ideal of undivided being')[5]、それ故、存在の統一、永生の水、鷹の踊りの真知に魅かれる。デーモンがなければ、ただのうつけに見える。

「踊りそれ自身は、超自然界の本質的曖昧さの反映。鷹のイメージがそうであるように。踊りはまた、神と人間における宇宙的関係の類似として、創造的力、激しさ、セクシュアリティの投影に収斂される。[6]」

「超自然性、遠い遥かな美、原初のエナジー（'immediate power'）を象徴する」[7]踊りは、創造性、情熱、性的魅力で若者を誘惑。鷹の女の踊りのこの三つの属性は、同時に「真の英雄」を目指す若者自身のもつ特徴でもある。両者は親和力で結ばれている。踊りは太古の美、原初のエナジーを再現。老人はこれをファンタジーの次元で捉えようとする。若者は、その本質に魅せられていく。超自然の精霊は、容易にその姿を見せようとしない。老人の空しい体験談をきかされ、若者は、己の足を刺しても眠りはせぬと、強烈な意志表示。このとき女が鷹の声で叫ぶように啼く。警告である。なぜなら、「われとわが身に加える傷は、己の運命に関する英雄の意識的追求の象徴」[8]だから。そこに自己犠牲が秘められている。

「なぜお前は鷹の眼でおれを凝視するのか？　おれはお前を怖れはせぬ。お前が鳥であれ、女、魔女であるとしても。」

彼は泉の傍らに行く。泉を守る女はそこを離れる。

「お前がどのように意志しようと、おれはここを離れはせぬ。おれがお前のように不滅のものになるまでは。」

彼は坐りこむ。泉を守る女は鷹さながら舞うように踊りはじめる。老人は眠りに落ちる。踊りはしばらくつづく。(C.P. ,p. 216)

このとき樂人、半ば節《ふし》をつけてうたう「おお神よ　われを守り給え／とつぜん血管を駆けめぐる／

すでに恐ろしい不死のものから」(*Ibid.*, p. 217)と。踊りはまだつづく。若者はゆっくり立ちあがる。狂気が彼を捉えていた。色青ざめ、足取りはよろめく。このとき、水の跳ねる音がきこえる。どんどん湧いていている。彼も気づくが、狂気と痺れゆえ、四肢が思い通り動かぬ。女はすでにいない。夢うつつ、手にもつ槍を取り落とし、彼は出て行く。

瞬きひとつしない乾いた鷹の女の眼をみつめると、呪いがかけられるという。だが凝視する行為は、己の内なるデーモンを直視すること。「つねに眼覚めていようとする心」は絶えざる挑戦に晒される。つかのま湧出する泉の水。女に鷹の精霊が乗り移って、泉水、鷹、女、妖精、影、が溶け合う一瞬。そこに「存在の統一」がある。だが、楽園追放後、人間に超自然の恩恵をいつまでも享受する資格はない。呪いと表裏する泉の水は「大いなる贈り物」'so great a gift' (*C.P.*, p. 212)。真の英雄への道は険しい。

愛のはかなさ、憎しみとの交錯をもたらす呪いは、狂気であり、明日の若者の運命を占う啓示である。樂人は人間の生の二律背反をうたう。

He has lost what may not be found
Till men heap his burial-mound
And all the history ends.
He might have lived at his ease,
An old dog's head on his knees,

Among his children and friends.（*C.P.*, p. 217）

彼は失ったのだ、
己の墳墓を作り　人生の歴史を閉じるとき
はじめて見いだしうる大切なものを
気楽に生きられたかも知れなかったのに
老いた犬を膝に乗せ
子供たち　友人たちに囲まれていたかも知れない人生を

（四）

Between extremities
Man runs his course;
A brand, or flaming breath,
Comes to destroy
All those antinomies
Of day and night;

The body calls it death,
The heart remorse.
But if these be right
What is joy?（「揺動」）、(*The Collected Poems of W. B. Yeats*, p. 282)

二つの極と極のあいだを
人間は己のみちを駆け抜けていく
松明が　燃える呼吸が
現れてはかき消してしまうのだ
あらゆる二律背反を
昼と夜との。
肉体はそれを死と呼び
こころはそれを悔恨と呼ぶ
だが若しその通りであるのなら
喜悦とはいったい何なのか？

「揺動」の sec. 1 は、『鷹の泉』を、大きく捉えているといえないか？　ここでいう「極」と「極」の意味するところは、「つねに眼覚めていようとする心」と、「つねに休息にむかおうとする心」であろう。両者は相反し、かつ溶け合う「昼」と「夜」の関係にある。「歓喜」は小さな自我（情念）を捨て、大きな自我（永遠に生きようとする魂）に殉じる悲劇的歓喜でなかろうか？　肉体が滅び、情念的には悔恨が残るにせよ、真の英知に生きるときは、永劫に通じる歓喜がえられる。ここにイェイツの躍動する喜悦がある。漲る生命力、若さがある。牧歌的安息、家族、友人たち、老犬、多くの家畜に囲まれた老後の生という選択肢を、究極的には顧みることなく、自らのデーモンの象徴である妖精、鷹の女、泉の水という超自然の精霊の側にくみし、己の運命に殉じる若者、クフーリンの英雄像とイェイツは重なる。

この詩劇・末尾の五連からなる詩は、「いつも休息に向かおうとする心」と、「いつも眼覚めようとする心」との葛藤でなかろうか。老いていく心、若さ、両者の対決。樂人たちのうたう歌の一節、

Folly alone I cherish,
I chose it for my share;
Being but a mouthful of air,
I am content to perish;
I am but a mouthful of sweet air.　（第二連）(*C.P.*, p. 219)

わたしは愚かさだけを大切にする
それを己の持ち分と選択する

この身は一息の風に過ぎないのだから
亡びる肉体はもとより覚悟
わたしは一息の甘美な風でしかないゆえに

O lamentable shadows,
Obscurity of strife!
I choose a pleasant life
Among indolent meadows;
Wisdom must live a bitter life.（第三連）(*Ibid.*)

おお　影に生きる悲しい精霊たちよ
不可解な争いよ
わたしは楽しい生を選ぶ
怠惰な牧場人生にあっては。
知者は苦い生をいきねばならないのだから

小さな自我を基軸とする生き方と、己のデーモンと戦う生き方と、いずれが「愚行」'folly' であろうか。人間のいのちはほんの「一息の風」'a mouthful of air' に過ぎない。この一瞬の生を情念的にのみ肯定。消極的、臆病、自己満足に生きようとする老人。乾いた泉の前にしゃがみこみ、細々と松明を燃やしつづける姿。老人にとって精霊は無縁。むしろ嘆かわしい存在。イーファとの戦いの意味するところなど、所詮、理解のそとにある。小さな自我から出ようとしない者に、大きな自我を基軸にする生き方の分かる筈はない。

Come to me, human faces,
Familiar memories;
I have found hateful eyes
Among the desolate places,
Unfaltering, unmoistened eyes.（第一連）(*Ibid.*)

わたしのところへ来るがよい　人間の顔したものよ
懐かしい記憶のかずかずよ
わたしは　忌まわしい眼差しを見た
荒涼とした処で
まじろがぬ　濡れてもいない眼を

永生の水を求めるのが幸せか。荒涼とした土地、鷹の女のまじろがぬ、うるおいのない眼。その眼のもつ可能性。それは現代に通じる。ロマンティシズムの悲劇性を映す眼でもある。真知を求める者のデーモンと呼応する眼。

‘The man that I praise’,
Cries out the empty well,
‘Lives all his days
Where a hand on the bell
Can call the milch cows
To the comfortable door of his house.
Who but an idiot would praise
Dry stones in a well?’ （第四連）(*Ibid.*)

「わたしが称賛する人は」
虚ろな泉は叫ぶ
「己の全ての日々を
鈴に手を当て
悉くの乳牛を
彼の居心地良い家の戸口まで呼びよせうる人

うつけもの以外の誰が称えようか
泉の乾いた石底を?」

第四連は、魂がまだデーモンにとり憑かれていない頃の若者のこころを歌っている。それは同時に老人の姿も映しだすことになる。両者は重なる。永生の水など、瞬間的に存在するだけだ。自らの手でしっかり掴む訳にいかない。したがって、存在の統一、真知の探究に全てを捧げる者は、「うつけ者」'idiot'にならざるを得ない。

坐して永生の水が湧くのを待つ受け身の姿勢。これが普通の人間。そして老人の本質。利己的、貪欲、優柔不断、臆病。これではフェア・レイディは手に入らぬ。自らに打ち勝つこともできぬ。愚痴、後悔の残る生き方である。だが詩劇最後の五連詩では、老人、若者、鷹女のメタファーは溶け合っている。震えによる神性は、別次元の生き方を求める。愚痴とは程遠い、自己犠牲による、偏狭な自己からの脱却である。真の美、永生にたいし鈍感な者は、老人のように、ファンタジーの次元でそれらを追求する。いっぽう、若者はいのちをかけて、魂の中の聖なるものを追い求めた。己の信じるものを。だが、永遠に望ましいものは、人間のありのままの生と相容れないのでないか。

「極」と「極」の問題でいい残したことがある。潜在意識において、敵意(憎しみ)と親和力(愛情)は絡み、溶けあっている。それが鷹と若者の関係である。永生の水の湧く泉を探し求め、この荒涼とした場所にくる途中、灰色の鷹が、その嘴《くちばし》で、彼を引き裂かんばかりに、大きな翼で打ちのめすべく、眼つぶしを加えようと襲いかかる。剣を抜き、石を投げ、身を守る彼。いつの間にかその姿を見失うのだが、可能なら頭巾を被せ、手なずけ、我がものにしておきたかったと、しみじみ述懐する彼。見失ったのは精霊。荒涼とした地に着いて知る、鷹の女の本質。そこには対立と親和力がある。

鷹は、泉を守る女、妖精の精霊であり、湧き出る泉の水の象徴。彼女の踊りがクライマックスに達すると、精霊は若者に乗り移り、彼は狂気に囚われる。この間、永生の水が湧きでていた。だが妖精がその場を離れると、水も枯れる。ここに、人間存在として彼の悲哀がある。現世において理想の肉化《インカーネイション》は不可能にちかい。自己充足の追求は、必然的に自己破滅に終わる。それは、楽園喪失後の人間の宿命である。悲劇的――自己破滅。ここにロマンティシズムがある。しかし、人間は楽園に留まっていた方が幸せであったか？　知性、憧れに導かれることもなく。

(五)

一瞬に滅びる美を真として認識するキーツ。そこにメランコリーがある。

She dwells with Beauty—Beauty that must die;
憂鬱は美とともに住んでいる――だが美は滅びねばならない

「憂鬱の賦」第三連、冒頭の一行。'She'＝メランコリー。このオード（賦）第一連は、「魂の眼覚めた痛み」'the wakeful anguish of the soul' に収斂され、この句が上記の一行と交錯し、このオード全体を引き締めている。「魂の眼覚めた痛み」にメランコリーが胚胎する。これがこのオードの要である。美、歓喜、快楽は忽ち、毒に変じてしまう。ここにメランコリーが投影する。メランコリーはきわめて知的である（アリストテレス）。フィチーノは、メランコリーをプラトンの「神的狂気」と同一視。フィチーノによると、「神的狂気」は黒胆汁、大地の中心と関係している。これらは土星と対応。惑星のなかで最高位に位置するサトゥルヌスが、思考を高め、最高の次元のことを理解させる「神的狂気」の機能を司ることは、充分、考えられよう。最高位＝霊感＝高度の知性＝メランコリーという図式が成立する。

楽園追放のアダムがもたらすもの、それは二元論である。サトゥルヌスは天頂、地底に居《きょ》をもつ（『ハイピリオン』）。後述する真の詩人、アポロ・キーツが昇る天上の階段も、この二元論で解釈しうる。土星の娘がメランコリーなら、メランコリーは正にアダムの娘。キーツ詩の要約は、'becoming' の 'being' への憧れに尽きる。『ハイピリオン』及び「没落」におけるキーツの思想形成に際し、最も重要な人物はニーモジニー（モネタ）。この記憶の女神は学問を司るアテナ（ミネルヴァ）と同義、英知のイコンという。女神はひたすら美にみちびかれてきた主人公アポロ・キーツを、正にこの美を軸として、英知にむかわせる。すなわち、『ハイピリオン』「第三巻」の末尾は、おびただしい知識の記憶と苦悶が、彼を偉大なる神に変容させようとする。「苦悩を美に変えさせ、大いなる美の直接原因としての苦悩を正当化[9]」するため、彼は「激しいけいれんとともに、生のために死んでいく」。こうして「第三巻」は終わる。この部分は「没落」「第一歌」で詳しくうたわれている。

—when suddenly a palsied chill
Struck from the paved level up my limbs,
And was ascending quick to put cold grasp
Upon those streams that pulse beside the throat:
I shriek'd; and the sharp anguish of my shriek
Stung my own ears—I strove hard to escape
The numbness; strove to gain the lowest step.
Slow, heavy, deadly was my pace: the cold
Grew stifling, suffocating, at the heart;
And when I clasp'd my hands I felt them not.
One minute before death, my iced foot touch'd
The lowest stair; and as it touch'd, life seem'd
To pour in at the toes:
………
Then said the veiled shadow—'Thou hast felt
What 'tis to die and live again before

Thy fated hour. That thou hadst power to do so
Is thy own safety; thou hast dated on
Thy doom.'
………
'None can usurp this height,' returned that shade,
'But those to whom the miseries of the world
Are misery, and will not let them rest.
All else who find a heaven in the world,
Where they may thoughtless sleep away their days,
If by a chance into this fane they come,
Rot on the pavement where thou rotted'st half.—'

（*The Poetical Works of John Keats*, 'The Fall' I. 122–53)（以下 *P.W. of J.K.* と略記）

　そのとき　とつぜん震える悪寒が
舗装された平らな地面から　わたくしの手足に襲いかかった
そして咽喉のあたりを鼓動する血管の流れに
冷たく掴みかかろうと急速に這い上がってきた
わたくしは鋭い叫び声をあげた　するとその叫びの

鋭い苦痛が耳を刺した　わたくしは　精一杯の努力を試みた
麻痺状態を脱しようと。階段の第一段に辿り着こうと骨折った
足取りはゆっくりと重々しく死人のよう
冷気は心臓のところで息苦しく絶え入るばかりになり
手を握っても握力は感じられず
死の一分前にわたくしの凍りついた足は最下段に触れた
足が階段に触れると　生命が足のつま先から
流れこんでくる気がした……
……
そのときヴェイルに包まれた影がいった「お前は
お前の運命の瞬間に死んで甦る意味を知った
お前が再生能力をもつことは正に不死身の証拠
死を宣告された日にお前は新たな生を刻んだ」
……
……「何人であれ　この高みは奪えないのだ
世の惨めさを認識し
いつも心に悲しみを抱く者を除いては
この世に安息所を見いだし

漠然と夢うつつに日を過ごす他の者はみな
かりにこの神殿を訪れることがあろうとも　お前が
朽ち果てようとしたこの舗道の上で朽ち果てねばならぬ。」（「没落」第一歌《キャントウ》　一二一―五三行）

『ハイピリオン』はむしろ春、「没落」は秋をうたう。知識が経験をへて、己の真の知識――英知になるには　時間がかかる。

Knowledge comes, but wisdom lingers, (Tennyson, *Locksley Hall*)

知識はすぐ得られるが英知が身につくには時間がかかる。（テニスン「ロックスレイ・ホール」）

こうして知識は英知に変容。脱皮の瞬間、モネタはヴェイルをとり払う。(*P.W. of J.K.*, p. 516)　女神の顔は、あらゆる人間の苦悩を包みこむ。そして慰める。「苦悩はこうしてより大いなる明確な美のイメージの範囲内に含まれるが故に、受け入れられる。[10]」苦悩と美が矛盾なく融合しあうことになる。英知のイコンと云われる所以である。

キーツは詩人として夢想家'dreamer'から真の詩人へと成長する。それは同時に'becoming'から'being'にいたる憧《メランコリー》れ究明のプロセスである。キーワードが「魂の創造」。つまり、生の中に死んでいく(Die into life)、アポロ・キーツの神格化。それには心に潜む無数の光輝、知性《インテリジェンス》、が情念と融合しアイデンティティを帯びてくるまで、人間は苦悩し、鍛えられなければならない。錯綜する喜びと苦しみのカオスは、現実《リアリティ》の基盤であった。このカオスを、彼は「不条理なものとしてではなく、豊かな生命あるもの」[11]として受け止めた。豊かな生命のある「現世」という学校から、人間の「情念《ハート》」という〈乳首〉が、「知性《マインド》」を鍛えるために必要なものを吸い取る。情念は知的な心の聖書、経験。彼はつねに知性より情念を優先させる。こうして人間は生まれ変わる。このような思考方式を、キリスト教にまさる魂救済のシステムと彼は考えた。

魂の創造は通過儀礼の側面をもつ。狭義のセルフから広義のセルフへ、自己愛から他者への愛へ、「美は真」から「真は美」へと認識の深化をもたらすのは、この洗礼をうけた後。現実を観る眼が複眼的となり、背後に神の存在を意識しあたたかくなる。魂の創造における真のアイデンティティ確立の意味するところは、「幻滅、失望のありのままの世界に生き残りうる」[12]こと。「魂の眼覚めた痛み」は、内なる自己創造、真のアイデンティティ確立に通じる。アポロ・キーツが死の直前に、生命が足のつま先から溢れてくる情感に襲われ、他者のために生きよ、との託宣をうけ、モネタが彼の面前でヴェイルを脱ぐ。女神の行為は「メランコリーの賦」第三連の後半の詩句に通じる。

ああ正に歓喜の神殿の中に
　ヴェイルに包まれたメランコリーは至高の聖殿をもつ
　　強靭な舌の持ち主のみにしか見えない聖堂
彼は優れた口蓋で歓びの葡萄を突き破ることができるから

彼の魂はメランコリーの力の悲しみを味わうだろう
そして定かには見えない彼女の戦利品の中に加えられるだろう

キーツ詩の本質はメランコリーの解明にある。モネタはメランコリーの申し子。キーツ詩の魅力は、さまざまな要素の錯綜する現実を、無限の可能性にみちた生命力溢れるものと見做し、神秘性はあえて追求しない（Negative Capability）点にある。彼は情念に基づきながら、きわめて知的な「魂の眼覚めた痛み」を原点とし、現実の生命力にみちた神秘性、不可解なすがたを、発展的イメジャリーで捉えようとする—学校で学ぶ子供、情念の乳首からアイデンティティを吸い取る知性、モネタの後頭部の脳味噌に詰められた高次元の悲劇の知識——。これら相互関係の究明は、我々の生涯を通じての命題でもある。人間の心に神意が宿り、行動することは極めて知的であり、モネタがヴェイルを脱ぐことはメランコリー（「美」、「知性」、英知）が姿を現すことになる。

美、歓喜、快楽が一瞬、無意識裡に醜、悲哀、毒に変じていく不可解な人間の心。真・善・美は「知」に通じる。変容の一瞬、そこに見えない影はないのか。『鷹の泉』の鷹の女が意味する不可解な「影」との対比。影は「見えないものの可視化」[13]であり、具体的には、知性への案内人・鷹の女、泉の水、妖精、山の魔女'mountain witch'。みな美しい。影は若者を警戒する。老人はいう、

Look at her shivering now, the terrible life
Is slipping through her veins. She is possessed. (*C.P.*, p. 215)

見るがいい　彼女の震える姿を　恐ろしい生命が
彼女の血管に流れこんでいる　彼女は取り憑かれたのだ

震えが全身を襲い、女は鷹のいのちを宿す。「恐ろしい生命」'terrible life'は、現世の生をめぐる快楽、喜悦、歓喜と異なる超自然の次元の精霊、いのちである。それにしても、鷹女が若者を惹きつけたのは、老人には見えない精神的、知的美でなかったか？　美による「誘い」'allure'は、「破壊」'destroy'に繋がる (*C.P.*, p. 215)。彼は怖れない。若さ、勇気、信念ゆえに。彼に鷹の精霊が乗り移る正にそのとき、泉は湧出する。神性をもつ水。同時に水は知性・英知を現す。[14]（キーツがいかに知識に憧れ、求めつづけたか）。楽園から追放された人間は、その水を飲むことができない。存在の統一は、現世の次元のできごとではない。ほんらい、地上の生を終える瞬間に訪れるもの。『鷹の泉』末尾の五連詩の意義はそこにある。彼は意識を失う。無意識・潜在意識の中で、鷹に対する愛と憎しみの胚胎がある。鷹は彼のデーモン[15]に他ならない。鷹は風に舞う。風、精霊、漠然とした欲望は関連しあっている。妖精は風のなかに住む。風には希望もある。クフーリンが戦いつづけうるのは、心に希望があるからでないか？

イェイツの場合、魔女と女神は交錯し、妖精となる。この妖精は一瞬に駆け抜けていく風と関連している。クフーリンの真の英雄への道は、前途にいっそうの厳しさが待ちうけている。『鷹の泉』においてて、彼はまだそれを知らない。

魂の真の知への憧れが、「美」を通し、震えとなってディヴィニティを呼ぶ点においては、キーツもイェイツも共通していることは、すでに見てきた。

こうして「魂の眼覚めた痛み」から生まれる「つねに眼覚めていようとする心」は、キーツの場合、メランコリー。イェイツの場合、妖精が軸となる。両者、それぞれ英知に向かう。だがイェイツの場合、闘う姿勢を変えないクフーリンには、神秘的かつアンビギュアスな要素が多い。彼は永遠に戦う姿勢をつらぬく。疼く苦悩、こころの痛みを通して、主人公を真の知識――英知にむかわせる。ロマンティシズムの本質、それは憧憬にある。これを失うと人は老いる。衝き上げて来る、湧きでる衝動。情熱は不滅に通じる。[16] 美、真実、英知は至高の価値をもつ。彼らロマン派詩人たちの追究対象であった。詩人は苦悩し、想像力、創造力に駆られた。ゲーテはいう、「憧れを知るもののみ我が悩みを知らめ（茅野蕭蕭訳）」"Nur wer die Sehnsucht kennt, Weiß was ich leide."[17] と。憧憬は彼らに不幸をもたらし、充実させ、クリェイティブにさせた。彼らの内面には、優雅、優しさがあった。イェイツは詠う、

We were the last romantics—chose for theme
Traditional sanctity and loveliness; (*C.P.*, p. 276)

我らは最後のロマン派――選ぶ主題は
伝承的な高潔、優美。（「クール荘園とバリリー　一九三一」）

注

(1) Ann K, Mellor, "Keats's Face of Moneta: Source and Meaning," *Keats-Shelly Journal* 25. (1976), p. 77.
(2) Reg Skene, *The Cuchulain Plays of W. B. Yeats; A Study*, (Macmillan, 1974), p. 129.
(3) *Ibid.*
(4) Leonard E. Nathan, *The Tragic Drama of William Butler Yeats; Figures in a Dance.* (Columbia Univ. Press, New Heaven and London, 1976), p. 183.
(5) Richard Taylor, *The Drama of W. B. Yeats; Irish Myth and the Japanese No*, (Yale Univ. Press, New Heaven and London, 1976), p. 131.
(6) *Ibid.*
(7) L. E. Nathan, *op. cit.*, p. 178.
(8) Reg Skene; *op. cit.*, p. 137.
(9) Ann K. Mellor; *op. cit.*, p. 76.
(10) *Ibid.*, p. 78.
(11) Ann K. Mellor; *English Romantic Irony.* (Harvard Univ. Press. London, 1982), p. 105.
(12) Ann K. Mellor; *Keats's Face of Moneta: Source of Meaning, op. cit.*, p. 80.
(13) Reg Skene; *op. cit.*, p. 138.
(14) *Ibid.*, p. 137.
(15) *Ibid.*
(16) *Ibid.*, p. 134. Cf. W. B. Yeats; *Essays and Introductions*, (The Macmillan Press Ltd, 1980) pp. 238–45.
(17) J. W. von Goethe, *Mignon* 3, 1–2.

第三章

イギリス風景画論

——ロマン派の詩人と風景画

（一）

ヴァージル（70–19BC）は、詩を人生のプログラムとして捉える。牧歌—農耕詩“Georgics”—叙事詩への展開である。このような詩の捉え方に人生のありようが反映する。春夏秋冬から成る自然の営みは、詩の本質に重ねうる可能性がここにある。そして、イギリス風景画を西欧的視点から見ようとするとき、イギリス人の精神風土——詩的想像力——の新鮮さに驚く。

この小論は、ロマン派詩人たちが、あえて言えば、トーマス・ゲインズボロ Thomas Gainsborough（一七二七—八八）及びジョン・コンスタブル John Constable（一七七六—一八三七）の作品とどのように関連しているかを具体的に明らかにし、詩と絵画・風景画の関係を、人間の魂成熟のプロセスから考察しようとするものである。

「牧歌は容易に超すことのできる牧場の柵である。」[1] また「神は田舎を作り、人間が都会を作った」[2] というコトバもある。人間の魂、精神の発展は、無垢《イノセンス》から知性《インテレクト》、単純《シンプリンシティ》から複雑《コンプレクシティ》へのプロセスを辿る。無垢から「静かにも悲しい人間性の調べ」への変容である。神話的視点を加えると、アダムとエヴァの「楽園追放」（図版1）に

1

よる人類の歴史の縮図となる。すなわち、楽園は牧歌・アルカディアであり、ノアの洪水を生き残った生き物たちの後裔である我々人間の住む現世は複雑・混沌《カオス》という図式である。「パリスの審判」(図版2)についても同じことがいえよう。牧人パリスの生まれはトロイの王子。不和の女神エリスが黄金のリンゴを神々の間に投げ、もっとも美しい女神にそれを与えるという。アテナ(愛と知恵)、ヘラ(権力)、アフロディテの三女神による美貌争いとなる。彼はすでにスパルタの王妃である美女ヘレン(図版3)を妻に与えるという約束につられ、アフロディテに軍配をあげる。ヘレンは白鳥に姿を変えたユピテルがレダに生ませた地上最高の美女。これが原因でトロイ戦争が起こる。つまり審判そのものは牧歌的饗宴であるが、以後、十年つづく伝説的なトロイ戦争はまぎれもない叙事詩である。

　またこのようにもいえないだろうか?「十牛の図」である。——理想の「道」(それは牛で表される)を求め、生まれ故郷

をあとにする少年が、厳しい修行の末、人間的に成熟し、求める道も体得して故郷に錦を飾る図である。生まれ故郷は牧歌の世界。少年は（一）尋牛、（二）見跡、（三）見牛、（四）得牛、（五）牧牛、（六）騎牛帰家、（七）忘牛存人、（八）人牛倶忘、（九）返本還源、（一〇）入鄽《てん》垂手というように、究極的には求めるものを得て、しだいに（七）以降の人間的成熟のプロセスを辿り、満足感を抱いて故郷に帰る。人間の精神的成長は、牧歌—叙事詩（闘い、束の間の勝利、訪れる死、魂の静寂）のプロセスを辿ることの例証でもある。生誕から老い、そして無。そこに人生の春夏秋冬がある。

（二）

人は誰でも無垢、純粋、単純な楽園さながらの牧歌時代をもつ。だが歳月とともに日常の生活習慣が感覚から新鮮さを剥ぎとり、牢獄のような手かせ、足かせを嵌められ、われわれは黄金時代との訣別を余儀なくされる。楽園喪失である。

Sweet Auburn! loveliest village of the plain,
Where health and plenty cheer'd the labouring swain,
Where smiling Spring its earliest visit paid,
And parting Summer's lingering blooms delay'd:

Dear lovely bowers of innocence and ease,
Seats of my youth, when every sport could please:
How often have I loiter'd o'er thy green,
Where humble happiness endear'd each scene!
How often have I paused on every charm,
The shelter'd cot, the cultivated farm,
The never-failing brook, the busy mill,
The decent church that topp'd the neighbouring hill;
The hawthorn bush, with seats beneath the shade,
For talking age and, whispering lovers made!

(*The Deserted Village*, by O. Goldsmith, 1–14)(3)

甘美なるオーバンよ！　平原に広がるいとも美しい村
そこでは健康と豊穣《ほうじょう》が働く農民たちを喜ばせていた
春はそこに真っ先に微笑み訪れ
夏の花はたゆたい散るのを惜しむ
無垢と安楽のいとしくも美しい木陰
わが青春の所在《ありか》　あらゆる遊びがわたくしを喜ばせたあの頃

いかにしばしばおまえの緑なす野原を彷徨ったことか
そこではささやかな幸せがそれぞれの光景を愛しいものとしていた！
どれほどしばしば魅力あるここかしこで休息したことか
人目につかない茅屋　耕された農園
絶え間なく流れる小川　廻りつづける水車
隣接する丘に聳える上品な教会
木陰をつくるサンザシの茂みには憩いの席が用意されていた
それは老人のおしゃべり　恋人たちの囁きのためのものだった！

（『荒廃した村』O・ゴールドスミス、一―一四）

オリヴァ・ゴールドスミス（一七三〇―七四）の『荒廃した村』は、あきらかに失われた黄金時代をうたっている。オーバンの村はかつてこのような楽園であった、と過ぎ去った昔を懐かしむのが詩人の姿勢である。全ては過去のこと。現実にはもはやこのような理想郷はない。この詩をよんだ遥かに現実的で感傷のないジョージ・クラッブ George Crabbe（一七五四―一八三二）は、全く対照的で、ゴールドスミスを批判している。

Is there a place, save one the poet sees,
A land of love, of liberty and ease;

Where labour wearies not, nor cares suppress
Th' eternal flow of rustic happiness;
Where no proud mansion frowns in awful state,
Or keeps the sunshine from the cottage-gate:
Where young and old, intent on pleasure, throng,
And half man's life is holiday and song?
Vain search for scenes like these! no view appears,
By sighs unruffled or unstain'd by tears;
Since vice the world subdued and waters drown'd,
Auburn and Eden can no more be found. (*The Parish Register*, Part 1. by George Crabbe, 15–26)[4]

詩人の想像いがいにそのような場所があるだろうか
愛　自由　安楽の土地なんて。
そこでは働いて倦むこともなく　心配ごとが
素朴な幸せの永遠の流れを抑圧することもないという
そこではまた誇らかな館がいかめしい姿で眉ひそめることもない
そして賎が伏せ屋の門にも陽光があたるという
そこでは老若こぞって快楽に夢中になり

人生の半分は休日と歌であるという?
無益なことだ　そのような光景を求めるのは!　決してありはしない
ため息で漣がたたなかったり　涙で染みがつかない光景など!
なぜならこの世も四海も悪徳に支配され埋没させられているから
オーバンもエデンの園ももはや見出すことはできない

(『教区の戸籍簿』「第一部」G・クラッブ、一五一―一六六)

クラッブは教区牧師と医師を兼ねていた詩人である。自らを恵まれた安全圏におく写実主義者。彼は『荒廃した村』をよみ、正面から否定している。現実をありのままにうたえば、感傷いがいにゴールドスミスの描く理想郷などありはしない。じじつ、産業革命がすすみ、農業資本主義の「囲い込み《エンクロージア》」による労働も過酷なものとなっていた。

ここで当時の風景画に触れたい。意図はシスター・アーツとして詩と風景画の相関関係をあきらかにするにある。

（三）

イギリス風景画を西欧的視点から捉えるとき、ふかい影を落とすのがゲインズボロである。人物・肖像画にすぐれた彼の原点にオーヴィッド Ovid (43BC?–17AD)、ヴァージルがいる。[5] 前者は神話・伝説、後者は理想の風景で知られているが、この二人から強い影響をうけたのがクロード・ロラン Claude Lorrain（一六〇〇―八二）である。ゲインズボロも当然のことながら彼の影響をうけることになる。イギリス風景画を論じる場合、クロードの存在は無視できない。後にジョン・コンスタブル、ジョセフ・マロード・ウィリアム・ターナー Joseph Mallord William Turner（一七七五―一八五一）もつよい影響をうけることになる。

論旨の展開上、彼が属していたヴェネティア派絵画についてここで触れておきたい。――おおまかにいえばこの派の特徴は「踊り、音楽、旅」を主題としている。――裸のニンフ。彼女たちは笑いに打ち興じている。頭に角を生やし、山羊足のサチュロスがそっと近づく機会を狙っている。娘たちを不意に襲おうとして。このような題材[6]をこの派の画家たちは好む。このことはクロードの影響もうけているゲインズボロ前期の作品を論じる場合に意味をもつ。

牧歌（理想の風景、アルカディア）の絵画における原点はヴェネティアのジョルジョーネ Giorgione（一四七六―一五一〇）の「嵐 *The Tempest*」（図版5）といわれ、K・クラークはこの絵の幻想性、非論理性をコウルリッジの「クブラ・カーン」や、キーツの『エンディミオン』に比している。そしてクロードをジョルジョーネがもつ詩的雰囲気のまことの継承者と評価する。さらに彼はジョルジョーネ

5

の音楽性を評し、「人生それ自身は耳傾けて聞き入ること」とペイターのコトバを引用。ヴァージルを学んだクロードもアルカディア的詩情につつまれ、さらに印象派的光の感覚において比類ない卓越を示している。そこに作品の多様性、新鮮さ、魅力がある。だがもっともヴァージル的特徴は、静謐な光にみちた空、草を食む羊たち、静かに流れる小川という黄金時代の感覚であり、人間と自然の完全な調和である。だがそこにはモーツアルト的憂愁が影を落とし、この完全さはそれがわれわれの心を捉える瞬間にしか存在しないことを彼は知っていた。[7]

クロードの世界では時間はつねに変化。彼は自然を「変化の相」において捉えようとする。この姿勢はコンスタブルにつよい影響を与え、ターナーを狂喜させた。印象派がクロードを師と仰ぐ理由はこの点にある。日没と日の出の区別もつきにくい曖昧さにも彼の想像力が反映。春夏秋冬のときの推移、変化に自然があるように、人間の生の営みも自然のなかにある。出会いと訣れ、人間と自然の完全なまでの調和。そこに影を落とすモーツアルト的憂愁。人生の喜びも悲しみも正にそこにある。踊り、音楽、旅は人生そのものでないか? そのリズムを彼は想像ゆたかに創造してみせてくれる。たとえば「アポロと詩人たちのいる風景」(*Landscape with Apollo and Muses*)(図版6)およびヴェネティア派プーサン N. Poussin 一五九四—一六六五の〈パンの前で踊るバッカスの饗宴〉*A Bacchanalian Revel before a Term of Pan*)（図版7）は踊りと音楽を、「シバの女王が船に乗る港」(*Seaport with the Embarkation of the Queen of Sheba*)（図版8）は旅を、それぞれ表わしている。これらの作品における絵画的構成は、前景、中景、後景の幾何学的な古典的秩序につらぬかれ（ゲインズボロにも影響を与えている—後述）ているが、これも理想風景の一つである。

クロードの神話的かつ牧歌的でもある風景画の一つに「魅せられた城」(*The Enchanted Castle*)（図

6

7

8

版9）がある。この作品はキーツに影響を与えている。[8]前景にサイキがいる（「キューピッドとサイキ物語」）。中景は帯状に広がる黒々した樹木の影とくぼ地で、動物が数頭えがかれている。遠景は城。夜になると戻ってくるキューピッドが新妻サイキと暮らす居城。全体の雰囲気は、神話を基調とした牧歌風といえよう。遠景の空の色は早朝とも夕暮れともとれる。アルカディアの気分・情緒が漂う。ちなみに架空のアルカディアを発見し創作したのは、ヴァージルである。城の背後の山は空の色と混じり合い溶けている。やさしさ、安堵感、それでいて不安を掻き立てずにいられないのは、サイキの心

の迷いを反映させるからであろう。彼女は姉たちの嫉妬によるコトバの意味を図りかねていた。この画面を支配している時間は特定のそれではない。アルカディアは、ゴールドスミスの『荒廃した村』同様に、過去・現在・未来の全ての時間、さらに空間さえも包含する。ここには不安定な精神の時間がある。夫であるキューピッドの正体をまだ知らない彼女のこころ落ち着かない疑心暗鬼が全体を支配している。だが空の静謐なやさしい光の色がそれを慰めている。

　クロードの風景画の特徴の一つとしていつも大きい樹木が描かれている点は見逃せない。彼が生まれたロレーヌ地方は北フランス。オランダに近い。オランダ風景画家ルイスダール J. V. Ruisdael（一六二八—一六八二）（図版10）の絵には常に大きな樹木が描かれている。

　こうして樹木にかなりの力点をおく手法がゲインズボロ、コンスタブルたち北方の画家との関連をはっきりさせることになる。さらにグランド・ツアー（ヨーロッパ大周遊旅行）の流行により、十八世紀の英国上流階級はローマで学び、イタリーを知る。クロード熱は盛んとなる。ゲインズボロの作品も人気がでてくる。

（四）

　ゲインズボロについて論じたい。ヴァージルの詩におけるプログラム的展開は、イギリス風景画についてもいえないか？　この画家の魅力は物語性。さらにいえばバロック的幻想性にある。フラゴナール J. H. Fragonard（一七三二―一八〇六）[9]、ワトー J. A. Watteau（一六八四―一七二一）の華やかさが加味され、生れ故郷イースト・アングリア地方はリトル・ホーランドと呼ばれているオランダ風でもある。農業資本主義によるエンクロージアから産業革命のプロセスを辿る政治・経済の激動期を背景に、これらロココ風バロック要素をもつ彼の人物風景画は、人生の儚い美しさを愛《かな》しく描いている。ヴェネティア派絵画と奇妙に重なるリズム感がある。彼の前期作品の一例として「乳しぼり娘を口説く男」*Woodcutter courting a Milkmaid*（図版11）をあげたい。

絵のなかの男は仕事帰りであろうか。右手に鉈《なた》、左手に樹木の枝のような木切れ束をだき抱え、はにかみ横向く娘に近づき、口説く姿勢。いましがたまで乳を搾っていた風情の娘。所在なげに藪にらみしている前景の乳牛。中景は労働者が鋤をすいている光景。遠景にも馬と労働者が描かれている。一見して、過酷さに耐える労働の厳しさはここにはない。農耕馬に馬具はついていないし、労働者の姿ものんびりしている。よく見ると、娘を口説くダッチ・スタイルの木こり風の男からは、羊飼いの印象をうける。羊飼いは伝統的に怠惰の象徴。木こりのもつ勤勉《インダストリ》の性格が、ここでは怠惰の感覚と重なり、さらに彼の遊びの姿は、働く農民のそれと対照的。ここには牧歌のイメージが支配的といえる。

十八世紀半ば頃は産業革命も序の口であったから、田園には牧歌的雰囲気が残っていたであろう。ゲインズボロの作品には労働の過酷さはない。そこに救いがある。当時、労働は勤勉・貧しき者・生産者のイメージを、怠惰は閑暇・富める者・消費者のイメージをそれぞれ意味していた。だがゲインズボロにあっては、両者は溶け合い、曖昧さが漂う。そこには展開するかも知れない二人の恋に、「踊り・音楽・旅」という人生のはかなくも美しい夢を想像させる。

このバロック的物語を発展させ、いっそう想像をそそるのが「森の風景——荷馬車、乳しぼり娘、若者」*Wooded Landscape with Country Waggon, Milkmaid and Drover*（図版12）である。若者は市場で商いを済ませ、家路にむかう途中であろう。かねて想いを寄せる乳搾り娘と出会う。樹木の茂る森に誘い、真剣に口説いている。犬も馬も空腹らしい。夕闇迫る頃あいである。これらの絵にはロココ風と文学性、さらにいえばミレー J. E. Millais（一八二九—九六）とホルマン・ハント W. Holman Hunt（一八二七—一九一〇）ら、ラファエル前派画家たちの物語性がある。

文学性あふれる物語的要素を軸にみていくと、後期の代表作品の一つに「木こりの帰還」*The Woodcutter's Return*（図版13）がある。子沢山の大家族のもとに帰る主題の絵。この領域の作品を彼は数点、描いている。幻想的でさえある。父親を待つ幼児たちは、ルネッサンス期、イタリーの寺院の

12

13

14

15

天上壁画に描かれている幼児さながら。前景は淡い黄金色に照らしだされている。五人の幼児と二人の成人女性がこの光に浮かびあがる。ダッチ・スタイルの男は薪炭用のたき木を背に両手、両腕を頭上にまわし、前かがみの姿勢で戸口にやってくる。彼と奥の小ぎれいな一人の女性は半ば闇につつまれている。後景の樹木はオランダ風（ルーベンス P. P. Rubens 一五七七—一六四〇の影響か）である。この絵はさきの「森の風景——荷馬車、乳搾り娘、若者」の物語のつづきと解釈したい。乳搾り娘が妻になり、かつて自分を口説いたが、いまは夫となっている男を待つという筋書きであろうか。

　この時代の労働者はまだ一つの階級としての意識はない。したがって、この絵の意味するところは、「正直な労働は満足感、健康、充分な食糧という報酬をうる」[10]ということになる。農夫が自らの労働に満足し、労働に励むことは地主階級にとって都合がいい。王党派《トーリー》万歳！　幸いなるかな！　メ

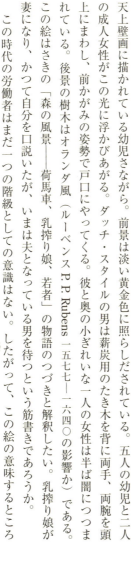

リー・イングランド！　である。

つぎに「家の戸口」*The Cottage Door*（図版14）をみよう。この絵も「木こりの帰還」の延長線上に捉えうる。前景に一家の大黒柱をひたすらに待ち侘びる妻、五人の幼子が淡い光に浮かび上がる。「木こりの帰還」の場合より、同じ光でもこの光は弱よわしい。夫の姿はまだ見えない。遠景の空は晴れてはいるが、中景の空は嵐含みで、樹木は風に揺れ、家族の者たちは自然の不気味な力のまえに怯えている。家の横の小さな流れにかかる小ぶりの歩道橋は半ば朽ちかけている。家の内部は暖かそうであるが、作りはみすぼらしい。妻は心配そうな表情で抱いている乳のみ子のおねだりの表情にも気づいていない。一家の責任が彼女の双肩にかかっている印象を与える作品である。

彼らのため二度といろりの火が燃えることはない
妻が忙しそうに夕餉の支度に精だすこともない
子供たちが駆け寄って父親の帰宅を口にし
膝によぢ登って彼からのキスをせがむことも二度とない

（T・グレイ「悲歌」エレジー、二一―二四）

いったん、大黒柱を失えばあとは闇となる。それだけに切ないまでの夫の帰還を待ち焦がれる気持ちが画面に溢れている。不安は信頼・幸福感、絆のつよさと表裏している。グレイ（一七一六―七一）の「悲歌」引用部分はただちに「キセル煙草を燻くゆらせる農夫の家の戸口」*Cottage Door with Peasant*

Smoking（図版15）を連想させる。心配が歓びとなる瞬間である。夫が帰ってきた。まず戸口でうまそうに一服くゆらせている。左手に酒の入ったとっくりをもって、乳飲み子をあやしながら、いそいそと夫を出迎える妻。明るい表情に戻る子供たち。黄金色の夕陽の、沈むまえのひとときの光耀が印象的。喜びの家族たちを、樹間を通す光がつつみこむ。画面全体に生気がみなぎり、ここには一家だんらんの理想図がある。この絵が完成し、まもなくゲインズボロは死ぬ。すでに病の運命的局面を彼は迎えていながら、この作品を描いた。晩年、彼は叶わぬ夢と知りながら、牧歌的田園に住むことを夢みる。[11] 乳搾り娘を口説き、妻にめとり、平和な家族生活を楽しむという、これら一連の人物風景画に焦点をあてるとき、そこから彼の精神世界の一端を垣間見ることができよう。

この時代はエンクロージアがすすみ、一日の大半は資本家である地主の農場で働き、残された僅かな時間を自らの田畑、菜園にあてることが可能であった。燃料用薪炭は共有林からか、地主のおすそ分けによるのであろう。（論者の郷里、大分・上戸次においても、戦前はまったく同様であった。このことは記憶に残る。遅れていたのであろう）。この時代に産業革命は着実にすすんで行く。

さてJ・トムスン（一七〇〇―四八）の詩をよんでみよう。

Tore from his Limbs the Blood-polluted Fur,
And wrapt them in the woolly Vestment warm,
Or bright in glossy Silk, and flowing Lawn;
With wholesome Viands fill'd his Table, pour'd

The generous Glass around, inspir'd to wake
The Life-refining Soul of decent Wit:
Nor stopp'd at barren bare Necessity;
But still advancing bolder, led him on,
To Pomp, to Pleasure, Elegance, and Grace; ("*The Seasons*; Autumn", 84–92)[12]

産業は人間の四肢から皮膚を血に汚れさせ
彼らを暖かい毛の衣装でつつんだ
光沢ある絹　すべすべ滑らかな紗《しゃ》にかがやかしく包みこんだ
食卓は健康なワインで満たされ
グラスにはなみなみとワインが注がれ　目覚めさせたのだ
品のよい機知による　生活を洗練させる魂を
産業は人間の必要なものを充足させ
大胆に進歩し　彼らをみちびいたのだ
華美・快楽・優雅・優美にむかって。（『四季』「秋」八四―九二）

Ye Masters, then,
Be mindful of the rough laborious Hand,

That sinks you soft in Elegance and Ease;
Be mindful of those Limbs in Russet clad,
Whose Toil to yours is Warmth, and graceful Pride;
And oh be mindful of that sparing Board,
Which covers yours with Luxury profuse,
Makes your Glass sparkle, and your Sense rejoice!
Nor cruelly demand what the deep Rains,
And all-involving Winds have swept away. (*Ibid.*, 350–9)[13]

——汝ら資本家たち　だから
大切にせよ　粗雑な労働者の手を
その手が君らを優雅　安楽にしてくれるのだから
枯葉色の労働服をまとう彼らを大切にせよ
彼らの労苦が暖かさ優雅な誇りを君らのものとさせるのだから
おお　彼らの粗末な食卓に留意せよ
それがあり余る贅沢で君らの食卓を蔽うのだ
君らのグラスを輝かせ　君らの感覚を喜ばせているのだ！
だから激しい雨、全てを包みこむ風が洗い流し吹き払った

穀物を無慈悲に弁償させたりしてはならない（同書、三五〇―五九）

労働礼賛はこの時代の社会の風潮である。基底に「メリー・イングランド」がある。しかし、産業革命は裏面においてW・ブレイク（一七五七―一八二七）の「煙突掃除の少年」*The Chimney Sweeper* にみられる社会告発がある。ゲインズボロの「コテッジの少女」*Cottage Girl*（図版16）も同系列の作品であろう。五歳前後の少女。裸足でボロを纏い、右手に欠けた瓶。左手に寂しげな眼差しの子犬を抱く。少女と子犬がイメージ的に重なる。孤児と拾い犬であろう。口の部分が欠けている瓶は少女の運命を暗示。彼はこのモデルと偶然、路上で出会ったという。(14) このような少女が沢山いたであろうことは想像に難くない。トムスンの『四季』「秋」における勤労賛美の内なる現実、矛盾の作品化である。

16

ところで、これまでみてきた絵における働く夫を待つ妻の衣装がかなり小綺麗な点を看過してはならない。貧しい子沢山の家庭、父親ひとりの稼ぎでは、到底、この大家族は養えまい。それにも関わらず、女の身嗜みのよさの理由はなにか？ここにこの時代の救貧制度＝慈善《チャリティ》の問題が隠されている。――当時、上流階級に属する人々にとって、慈善行為は常識であり、ステイタス・シンボルでもあった。だが彼らには、襤褸＝怠惰、小綺麗な身嗜み＝勤勉という価値尺度があり、これがメリー・イングランドの思想を支える一つの要素となっている。すなわち、施しものは、貧しい者にたいする褒美であるから、要求すべきでない。そんなもの必要なしと、毅然として身嗜みよく、真面目に働く労働者こそ褒美をうける対象となる。かりに過酷な労働であっても、必要なものはみな手に入るだけ充分な収入は得られるのだから、田園生活は平和でうまくいっている[15]という考えが彼らにはあった。醜い現実は見ようとせず、慈善行為を護符、安全弁とし、富める者は現実を肯定することによりますます豊かになる。だが貧しい者も自らのおかれた境遇を運命として肯定し、矛盾は表面化しなかった。

　つけ加えたいことがある。ゲインズボロは女性を描くのをひじょうに得意とし、現実よりも美しく描いた。彼の写実にはひねりと屈折がある。「空想的絵画《ファンシイ・ピクチュア》」といわれるゆえんだが、文学性があり、後に女性たちが新しい輝きと社会的地位をうる先駆としての意味をもつジェイン・オースティン Jane Austen（一七七五―一八一七）文学との関連性[16]も看過してはならない。

　きびしい現実をいつわる慈善行為は、もはやヴァージル的田園・農耕詩の世界ではない。むしろ反牧歌である。したがって、一八世紀後半から一九世紀にかけての田園詩は、きびしい労働をうたうのであるから、反牧歌的であることを指摘しておきたい。それが叙事詩の闘いの要素に通じる前段階となる。

No longer truth, though shown in verse, disdain,
But own the Village Life a life of pain: (*The Village*, II. 1–2)[17]

詩にうたうにせよ　もはや真実をないがしろにしてはならない
村の暮らしは苦痛のそれであることを認めるがいい　（『村』「第二巻」一―二）

I grant indeed that fields and flocks have charms
For him that grazes or for him that farms;
But when amid such pleasing scenes I trace
The poor laborious natives of the place,
And see the mid-day sun, with fervid ray,
On their bare heads and dewy temples play;
While some, with feebler heads and fainter hearts,
Deplore their fortune, yet sustain their parts—
Then shall I dare these real ills to hide
In tinsel trappings of poetic pride?（*The Village*, I. 39–48）[18]

じっさい　畑、家畜は魅力ある眺めだろう
牧場主　農場主にとっては。
だが喜ばしい光景の中にはあるのだ
土着の貧しい労働する人々の姿が。

わたくしは見る　真昼の焼けるような太陽の光が
彼らの露出した頭　汗ばむ額に照りつけるのを。
脳みそ乏しく気力劣る者でさえ
己の運命を嘆きつつ　なお仕事に耐える——
わたくしにこれら現実の諸悪が隠せようか
詩を誇らかにゴタゴタ飾り立てて。（『村』「第一巻」三九—四八）

クラッブの詩は、追憶、回想ではない。真実、苦しみを客観的にうたう。彼の詩は「悲劇の静物画《ザ・スティル・ライフ・オヴ・トラジディ》」（W・ハズリット一七七八—一八三〇）といわれる。城主のお抱え詩人である彼は、医師、牧師でありながら、労働者の現実の生《な》ま身の悲惨をありのままに描写するだけである。「悲しい哉！　豊穣は少数者のためにのみ微笑む」[19] となし、つづけて彼はうたう、

See them beneath the dog-star's raging heat,
When the knees tremble and the temples beat;
Behold them, leaning on their scythes, look o'er
The labour past, and toils to come explore;
See them alternate suns and showers engage,
And hoard up aches and anguish for their age; (*The Village*, I. 144–9)[20]

シリウス星の荒れ狂う灼熱の下《もと》
彼らの膝は震え　こめかみは脈打つ
見よ　大鎌に寄りかかり　終えた仕事をふり返り
つぎなる労苦をおもい見る彼らの姿を
見よ　交互に陽が射すかと思えば雨に降られたりして
貯めこむのだ　肉体の疼きと激痛を　老いていくというのに。（「同上」一四四―九）

「このようにクラッブは無党派中立の観察者として、牧歌のコンヴェンションに含まれている虚偽を批判しつつ、真実を語ろうとするが、――結局は――土地所有者の社会的立場を追認するものであった。クラッブは他人にお世辞をいったりしない。田園詩的風景のなかに立ち返って労働の事実を堂々と持ちこむのである。――囲い込みを行っている土地所有者の家付き牧師である。――彼の関心、感情をとらえるのは貧民への配慮であって、貧民層の発生という事態ではない。[21]」

A・ポウプ（一六八八―一七四四）はいう、「存在するものは何であれ、全て正しい[22]」と。クラッブはE・バークの知遇をうるが、バークによると、経済の法則は自然の法則であり、神の法則ということになる。[23] いずれにせよ、富める者は貧しき者の窮状にたいし、全く責任はないというのが、当時の一般的考えかたである。ゲインズボロの絵を観ると、貧しき者は品性の汚されたものというイメージが漂う。教会も彼らにたいしては冷淡であった。T・ハーディの『ダーヴァビル家のテス』の中にも教会の同じような理不尽な態度の描写があったと記憶する。

My Fabrick stands compleat,
The Palace of The Laws. To the four Heavens
Four Gates impartial thrown, unceasing Crouds,
With Kings themselves the hearty Pleasant mix'd,
Pour urgent in. And tho' to different Ranks
Responsive Place belongs, yet equal spreads
The sheltering Roof o'er all; (James Thomson, Liberty, *The Castle of Indolence*, IV, Britain, 1179–85)(24)

わが構築物は完全な姿で聳え立つ
法という宮殿のことである。東西南北に
四つ　門は公平に開かれている　群衆はひっきりなしに
国王自らも農夫と心地よく混じり合い
いそいそと門をくぐる　尤も階級に応じ
場所は決められているが。けれどもひとしく広がっている
万人を覆う屋根は。（ジェイムス・トムスン、（『自由、怠惰の城』「自由・Ⅳブリテン」（一一七九―八五））

トムスンもまた「法の平等」を讃えている。矛盾にみちた法の平等の体裁をたもち、とりつくろうのが慈善行為の奨励である。だがここには欺瞞がある。議会立法による囲い込み運動、それに連なる産

業革命による農夫からの土地剥奪。安定している伝統的な農村共同体は、こうして限りなく破壊されていく。無限に広がる喪失感と痛みの感情は、そのまま十八世紀特有の憂鬱《メランコリー》となって結晶していく。

「だが議会立法による私有化といえども、本質的にはその前後の時期の土地所有と連続したものであることを見てとる必要がある。たとえば十八世紀中葉、議会立法に変る以前、すでにかなりの囲い込み《エンクロージャー》が行われていた点を強調しておかなければならない。エンクロージャーの過程は少なくとも十三世紀から進行していて、十五、六世紀に最初の頂点に達した。歴史の流れとして眺めれば言うまでもなくそれは長期にわたる征服と強奪の過程——殺戮、抑圧、政治的取引などによる土地の獲得の過程と連続したものである。

さらに、経済の発展にともなって生じたさまざまな変化からエンクロージャーだけ切り離すことは事実上不可能である。すなわち、土地改良、生産方法の変化、価格変動、より一般的な変化として財産関係の変化(大勢は、耕地の拡張、少数者への所有権の集中という同一方向にむかって一斉に流れていた)等、経済活動の大勢と無縁ではありえない。(25)」

十八世紀に入るとしだいに地滑り的な経済の地殻変動により、小農階級《ペザントリ》、つまり小借地農《テナント・ファーマー》はすでに農業資本主義体制に組みこまれ、身動きもままならなくなる。

彼らの鎌はよく収穫を生みだしてきたし

畝つくりにしばしば固い土は砕かれ
喜び勇んで牛を野に追い耕作し
その逞しい斧の一撃にどれほど森がなびいたことか！

「野心」よ　あなどる勿れ　彼らの有益な労苦を
その素朴なる喜び　目立たぬ運命を
「権勢」よ　聴く勿れ　軽蔑の微笑うかべ
貧しき者の短くも単調なる年代記を

奢れる紋章　華麗なる権勢
あらゆる美　富がかつて与えた全ても
等しく避けられないときを待つ
栄光の道も所詮は墓場に通じているのだ

汝誇れる者よ　彼らを見くびる勿れ
たとえその墓に勝利のトロフィが飾られないとしても
長い側廊のある教会の格子模様の丸天井のもと
轟く讃歌が賞讃の調べを奏でないとしても　（「悲歌」二五―四〇）

社会制度の矛盾、当時の経済の仕組みは、富者、貧しい者の生活の落差を惨めにも大きくさせる。詩人は同情の眼差しでそれをうたう。寸暇を惜しむように働いても、農夫に余裕は生まれない。学問、知識の恩恵に与りえない彼らには、自らを救う術がない。だが内心は怒りに満ちていたであろう。訴えるコトバを知らなかったに過ぎない。貧しさ、無学が才能の芽を摘みとり、怒りは諦めとなり、名利をもとめる浅ましい狂乱の巷を離れ、憂き世の悪に染まることなく、彼らは人生の奥まった谷にそって、静かに単調な生活を営み朽ちていく。

清らかで　おだやかな光の美しい宝石も
大海の闇の底知れない洞窟にひそみ
あまたの花は　はにかみ咲いても見られることなく
荒野の風にその色香をむげに散らせる　（「同上」五三―六）

「悲歌」におけるメランコリーは、農夫の無念、悲哀に共鳴する詩人の内なる声である。ちなみにこの時代の一つの村落の構造をみよう。「人口は三百。このうちほぼ二百が作男《コテジャー》、労働者、その家族、屋内で働く召使い、よるべなき貧民――寡婦、孤児、老人である。約七十が謄本保有権《コピーホールド》による借地農《テナント・ファーマー》とその家族、残りの十から十二が地主《スクワイア》一名とその家族、牧師一名とその家族[26]」という。さらに、
「作男《コテッジャー》や労働者のグループには職人《クラフツマン》や小売商人《トレイズマン》（鍛冶屋、大工、靴の修繕屋、運送屋、居酒屋）

も入っていて、彼らはもちろん他の人たちも、近くの共有牧草地や未開墾地《ウエイスト》で放牧したり燃料の薪を集めたりするささやかな権利を持っている。これらの権利は現代から見ると、とかくくだらぬものと思われがちだが、少なくとも、全面雇用の状況にさらされていた人たちにしてみれば、生活を守る大切な権利であった。村に暮らす人たちはまさにこの種の余裕部分《マージン》を創りだそうと繰り返し努力してきた。——賃借したわずかな畑、拡張した菜園、数個の蜜蜂の巣箱、数本の果樹。——そこからは自前の農産物がとれるばかりでなく、ただそれがあるというだけで満足感を味わえるし、また自分の労働を自分で支配できる領域を実感しうるという、いろんな意味で重要なものである。(27)」

R・ウイリアムズの一文は、これまでみてきたゲインズボロ（とくに後期）の作品に描かれた寸暇を惜しませる過酷な農夫の労働する姿を側面から説明してくれるだろう。

（五）

人間は環境に支配される生きものである。存在が彼らの意識を決定する。労働者、農民の手から口への余裕のない生活。貧乏人の子沢山。無学。酷使される運命。自分たちだけが中心の狭い部落世界。抽象的思考、さりげない品位ある態度などはふかい教養に根差すものであり、それらに無縁な彼らの仕草、態度はあからさまで粗野、下品であるが、ドロシー・ワーズワスの表現は詩的かつ含蓄がある。

「私たちのすすむ道は開けた畑の中に通じていた。人びとは私たちが通り過ぎると仕事をやめ、鍬やくまでに寄りかかり、両腕を脇腹にあてたり、ぶらぶらさせたり、ある者はひとつの姿勢をとるかと思うと、異なる姿勢をとるものもあり、二人として同じ姿勢の者はいない。彼らはひじょうに美しくまとまりグループを形づくっていた。彼らの姿かたちの輪郭は昼間いじょうにハッキリしていた。昼間だったら全ては不恰好に醜く生身の形が映しだされていたであろう。」(28)

夕闇迫る頃である。ワーズワス兄妹はある村の近くにやってきた。道は拓けた畑のなかを走っている。すすんでいくと畑で仕事をしていた農民たちはみな働く手を休め、思いおもいのポーズをとってじっと兄妹の様子を窺っている。変化、刺激のない単調な農村の生活では、見慣れない若い男女が連れだって、仲睦まじそうにやってくるだけで一大ニュースである。ドロシーの観察は鋭く繊細。静かな夕暮れの階調が農民ひとりひとりの癖、厭らしさを消し去り、包みこみ、彼ら全体を纏まった一つのグループというシルエットに包み、輪郭を美しく際立たせている。陽が沈み、濃い黄金色に赤黒さが増し、あたりを支配する夕闇。下品な目つき、ゆがんだ好奇心に引きつった表情など、みな微笑ましい生きものの影絵のように、薄墨色の空をクッキリ浮かび上がらせている。「人間は余りにも現実的なものには耐えられない。」(29)「よき人は、ひとへにすけるさまにも見えず、興ずるさまも等閑《なおざり》なり。

かたゐなかの人こそ……よろずの物、よそながら見ることなし。」（よきひとはあっさり客観的にものを見るけれども、田舎者は言動が露骨である）『徒然草』「第一三七段。」ドロシーには教養がある。農民の無教養、独特な何ともいえない粗野、露骨さとは対照的。この『ドロシー日記』の一節はそのまま『序曲』「第八巻」、人間の美しさ、崇高さ賛美における二、三のパラグラフを連想させる。

When round some shady promontory turning,
His Form hath flash'd upon me, glorified
By the deep radiance of the setting sun:
Or him have I descried in distant sky,
A solitary object and sublime,
Above all height! like an aerial Cross,
As it is stationed on some spiry Rock
Of the Chartreuse, for worship. Thus was Man
Ennobled outwardly before mine eyes,
And thus my heart at first was introduc'd
To an unconscious love and reverence
Of human Nature; hence the human form
To me was like an index of delight,

Of grace and honour, power and worthiness. (*The Prelude*, VIII. 402–15)

影ふかい岬の周りを回ったとき
牧羊者の姿が私の心に焼き付いた　栄光に包まれていた
沈む夕陽のふかい輝きによって。
また私は彼を遠いはるかな大空を背景に見たことがある
荘厳なるただ一つのもの
あらゆる高みに抜きんでていた！　大空に聳える十字架のように
それは細長い尖った岩の上に安置されていた
崇拝の対象としてシャルトルーズの。こうして人間が
私の目のまえで外観的に気高い存在となった
こうして初めから私の心には導入されたのである
人間性についての無意識の愛と
尊敬の念が。したがって人間の姿は
私にとっては喜びの表示のようなものとなった
優雅　名誉　力　価値あるものと共に　(「第八巻」402–15)

粗野、下品な牧羊者（農民）の醜いところを見ないで、人間性の崇高な比喩として彼らそのものを見

ることのできたワーズワスの感性、直感の鋭さ。真の詩人とはかくの如き者をいうのか、と感銘を深くする。牧羊者の人間としての本質を見抜き、厭な面に触れようとしない。

But blessed be the God
Of Nature and of Man that this was so,
That Men and at the first present themselves
Before my untaught eyes thus purified,
Remov'd, and at a distance that was fit.（*The Prelude*, VIII. 435–39）

自然と人間を見みそなわす神が祝福されているというのは
こういうことであった　すなわち
人間を初めから提示してくれたことである
私の未熟な目の前に　これほどまでに純化し
つかず離れず適度に距離をおいて　（「第八巻」四三五—三九）

, but that first I look'd
At Man through objects that were great or fair,
First commun'd with him by their help. And thus

Was founded a sure safeguard and defence
Against the weight of meanness, selfish cares,
Coarse manners, vulgar passions, that beat in
On all sides from the ordinary world,
In which we traffic. (*Ibid.*, 449–56)

——さらに私が最初に
人間を偉大な美しいものを通して見たということである
最初にそれらの助けを借りて交わったということである
確乎とした安全弁と防禦の基礎ができたのである
卑俗さ　利己的関心
粗野な振る舞い　下劣なる情念　それらは襲いかかるのだ
日常生活のあらゆる方面から
われらが関与しているところの。（「第八巻」四四九―五六）

「つかず離れず適度の距離をおいて」労働者・農民を見ることの大切さ。こうしてはじめて純化された人間性を見うる。ワーズワスはこのようにうたう。論者は自らの農村体験からこの詩人のコトバの真実性を確信する。

ところで、コンスタブルの絵をみて何か気がつくことはないだろうか？　それは作品に描かれている人物像の多くが何れもひじょうに小さいということである。殆ど人物像と見極めのつかない場合さえある。結果的にはこうすることによって、自然風景がいっそう美しく際立つことになる。農業資本主義、産業革命のプロセスは、働く労働者の生活を追い詰め、彼らの苦しみはコトバでいい表わせないほどであった。彼は意図的に画法のひとつとして、労働者を小さく描いたのであろうか？　このように考えると『序曲』「第八巻」の引用部分とコンスタブルの絵が自然に結び付く。以下、ジョン・バレルの批評を参考[30]にしながら考察したい。——コンスタブルとワーズワスには共通点がある。両者とも自然との調和において人間を見ようとしている。そこから一定の距離をおいて農民を見ようとする。彼らを人間性のシンボルと捉える視点はこうして可能となる。風景画、詩に描かれた農民は、作者から一定の距離を保ち、突き放されることによって、幸福そのものに再創造される。そこには社会的、政治的な含意がある。——要約すると以上のようになる。

　当時の農民は土地に束縛され、自由のない農奴の生活を強いられた。ゲインズボロの最期の作品に描かれていたように、「限りない勤勉《エンドレス・インダストリ》」（「マイケル」九五行）が求められた。だがいっぽう、そうすることの継続によって、歳月が彼らを自然の一部分とさせることになる。働く舞台が自らの生まれ故郷である場合はつぎのように状況は展開していくことになる。

　　　　　　　: he had been alone

Amid the heart of many thousand mists,

That came to him, and left him, on the heights.
So lived he till his eightieth year was past.
And grossly that man errs, who should suppose
That the green valleys, and the streams and rocks,
Were things indifferent to the Shepherd's thoughts.
Fields, where with cheerful spirits he had breathed
The common air; hills, which with vigorous step
He had so often climbed; which had impressed
So many incidents upon his mind
Of hardship, skill or courage, joy or fear;
Which, like a book, preserved the memory
Of the dumb animals, whom he had saved,
Had fed or sheltered, linking to such acts
The certainty of honourable gain;
Those fields, those hills—what could they less? Had laid
Strong hold on his affection, were to him
A pleasurable feeling of blind love,
The pleasure which there is in life itself. (*The Michael. A Pastoral*, 58–77)[(31)]

——彼は唯ひとり
厚い霧につつまれている
霧は訪れ去っていった　山頂である
このようにして彼は八十歳まで生きてきた
だから大きな誤りだ　もし考える人がいたなら
緑の渓谷　せせらぎ　岩などが
羊飼いの思想と無関係だなんて。
原っぱにせよ　そこで彼はうきうきした心で呼吸した
丘もしっかりした足どりで
幾度となく登ったものだ　そのことが彼の心に
多くのことを印象づけたのである
困難　熟練　勇気　喜び　恐怖を伴ったこともある
それらは一巻の書物のように想い出を秘めている
助け　えさ与え　隠まってやったりもした
物いわぬ動物たちの想い出を。これらの行為は
正当な利益があると信じて行ったのだ
あの原っぱ　丘たち——それは当然のことだった——は
彼の愛情をしかと捉え　彼にとっては

喜ばしい盲目的愛の感情になっていた
生命そのものの喜びであった　（「マイケル――ひとつの牧歌」五八―七七）

八十年の歳月をひたすら生まれ故郷で過ごしてきたマイケル老人にとって、湖水地方の故郷の原っぱ、丘、渓谷、せせらぎ、岩など何れもさまざまな想い出が満ちている。費やされたエネルギー、時間、そのとき、そのときのいい知れぬ思いがそこには刻みこまれている。若き日、壮年時代、老いを迎えてからのかずかずの日々。故郷の自然は、彼の思想、考え、感情をはぐくみ育ててくれたかけがえのない大切なもの、神の恩寵でもある。

この詩はただちにコンスタブルの「ウイリー・ロットの家」*Willy lott's House*（図版17）を連想させる。この家はここに住んだ農夫、ウイリー・ロットにちなんで命名されたという。彼はここで八十年過ごし、殆ど他所に泊ったこともなかった。変化にたいするサフォーク農民の頑強な抵抗もさることながら、この建物に引きつけられるコンスタブルの、生まれ故郷を愛する土着性に注目したい。故郷をめぐる「時の点」さらにいえば「場所の点」に繋がる好例でなかろうか。

those first-born affinities that fit
Our new existence to existing things,
And, in our dawn of being, constitute
The bond of union betwixt life and joy.　(*Prelude*, I. 582–5)

我らの新しい存在を　すでに存在しているもろもろの事物に
適応させるあの親和力
我らの存在の黎明において　あの親和力は
生命と喜びの間に統一の絆をつくるのだ（『序曲』「第一巻」五八二―五）

この部分はこの世に生を享けたとき、己の身の回りにあるものと如何にして和み、溶け合い、そのひとの感情、さらに肉体の一部分にさえ、それらが組み込まれていくかを歌っている。故郷の自然とはまさにそういうものであろう。

「生まれ故郷の風景ほどこころ落ちつくものはない。そこでは物みなが選択ということを知るまえから、我々にとって親しい存在になっていた。生まれたときに外界はすでに我われの人格の広がりとしか思えなかったのである。我われは外界を受け入れ、愛した。ちょうど自らの存在や自らの手足の感覚を受け入れるように。」[32]
（ジョージ・エリオット『フロス河畔の水車小屋』）

17

『田舎と都会』の著者、R・ウイリアムズはいう、

「われわれを育ててくれた周囲の人たちへの同一化とか、われわれがはじめて生活した場所、はじめて眺めることを覚えた風景〜というのは、生まれ故郷の〜村である。あの田舎に帰ると、ある特殊な生の回復を感ずる。それは、時として、免れがたい同一性として、他の場所では経験したことのない絶対的《ポジティヴ》な関係として現れる。わたしだけではなく他にも多くの人が自らの故郷にたいしてこのような感情をもっている。(33)」

ワーズワスの「牡鹿跳びの泉」*Hart-Leap Well* における、傷ついた牡鹿が追いつめられ、最期には自らを育んでくれた泉の辺りで命果てる物語も、同じ次元で捉えられよう。

コンスタブルの作品をつらぬくイメージに、郷愁、絶望、憂鬱、希望がある。晩年ちかくに愛する妻を失い、画風が絶望の影を色濃くしはじめても、なお初期の頃の「ウイリー・ロットの家」を精神の安定のシンボル(34)となし、心の故郷を忘れなかった点に注目したい。

ヴァージルが抽象的なアルカディアを概念化し、創りだしたことはすでに述べた。アルカディアにも「死」は存在したのである。N・プーサンの「アルカディアの羊飼い」*The Arcadian Shepherds*（図版18）はこのことをよく物語る。すなわち、羊飼いたちが柩《ひつぎ》に彫りこまれている朽ちかけた文字を指先でなぞり、それが「アルカディアにさえ死がある」'E in Arcadia Ego' (Even in Arcadia I, Death, am to be found) ということを知る。「死を想え——メメント・モリ」は、牧歌・田園詩・叙事詩を通して

18

変らない真理である。ジョルジョーネ、N・プーサン、C・ロラン、ティシャンV. Titian（一四八七—一五七六）たち、いわゆるヴェネティア派絵画の主題の一つ「踊り、音楽、旅」は、人生のはかなさを美しく描く。ここには「喪失」と「訣別」のイメージがつねに漂う。死は喪失。そこにメランコリーがある。『荒廃した村』はアルカディア喪失を嘆く詩であった。牧歌的風景の喪失は、郷愁を伴う。郷愁はこころ——魂の領域に属する。サイキPsycheは、歴史的（古代も終わる頃になっての意）にも、比喩的（オリンピアの神々に対する信仰が色褪せたとき、を意味する）にも、時代が遅くなって姿を現す。キーツのオード「霊魂《サイキ》」は、サイキ自身、自然それ自体が神聖であると考えられていた古代の、純粋な時代にたいする郷愁的側面をもつ。つまり、サイキは神聖なものの喪失、それへの郷愁を詩《ポエトリ》に歌っている。同時に、訪れる新しい時代のシンボルとして魂の神聖さを歌う。霊魂《サイキ》は牧歌——叙事詩への軌跡を描く。生から死を通し、永遠の生への旅路を辿る。「グレイの〈悲歌〉」は、死を自然と重ねる密度のたかい次元の歌である。死を人間のありのままの姿、終の棲家・憩いの場所における自然に帰る眠りと捉える。この死に対する牧歌的考えに、コンスタブルは〈自然界における素朴な埋葬場所〉という概念をえた」[35]のであろう。さきのプーサンの「アルカディアの羊飼い（死を想え）」は、正に死がありのままの自分に溶け入って人が永遠と同化した一例となる。「悲歌」の第四連、第五連をみよう。

Beneath those rugged elms, that yew-tree's shade,
　Where heaves the turf in many a mould'ring heap,
Each in his narrow cell for ever laid,
　The rude Forefathers of the hamlet sleep.

The breezy call of incense-breathing Morn,
　The swallow twitt'ring from the straw-built shed,
The cock's shrill clarion, or the echoing horn,
　No more shall rouse them from their lowly bed.（Gray, *Elegy*, 13–20）

節くれだつ楡《にれ》の樹の下《もと》　櫟《いちい》の木陰
芝土のぼろぼろに朽ちて堆積するところ
それぞれが狭い室《むろ》にとこしえに横たわり
この村の素朴な祖先たちが眠っている

香《かぐ》はしく匂う朝のそよ風
藁屋根の茅屋を訪れ　囀るつばめ
時告げる鶏の鋭い啼き声　こだまする角笛も
低い室《むろ》の臥所に眠る人びとをもう目醒しはしない　（グレイ「悲歌」一三―二〇）

この詩の牧歌性は、あこがれの喪失と郷愁が表裏して暗示されている点にある。アルカディア風景に、究極《つい》の棲み家の住人として牧歌的自然と同化した死、こうして「悲歌」の主人公は永遠の側に組みこまれる。「悲歌」はコンスタブル気に入りの詩である。(36)

牧歌は黄金時代にのみ存在しえたのか？　理想はいっぽうにおいて、郷愁と表裏するあこがれ、希望によって未来に再構築される可能性をもつ。両者は未来への架け橋・虹であろう。理想は日常生活から隔たっているけれども、究極的には、いついかなるときにおいても近づきうる。「求める心」のある限り、基本的には遍在するものと考えたい。

　　There are in our existence spots of time,
Which with distinct pre-eminence retain
A vivifying Virtue, whence, depress'd
By false opinion and contentious thought,
Or aught of heavier or more deadly weight,

In trivial occupations, and the round
Of ordinary intercourse, our minds
Are nourished and invisibly repair'd,
A virtue by which pleasure is enhanced
That penetrates, enables us to mount
When high, more high, and lifts us up when fallen.
………
Such moments worthy of all gratitude,
Are scatter'd everywhere, taking their date
From our first childhood: in our childhood even
Perhaps are most conspicuous. (*The Prelude*, Vol. XI. 258–77)

われわれ人間存在には、　幾つかの時の点がある
それは目だってハッキリ人のいのちを甦らせる力をもっている
われわれの魂はそこから　たとえ
間違った意見　疑わしい観念によって
あるいは何か重苦しい気の滅入るようなゆううつ
日常の交わりの繰り返しによって心は打ちひしがれていても

やがてそこから滋養分を摂り　いつの間にか回復してくる
そのような喜びを与えてくれる力は心に沁み込んでいて
われわれを高めてくれる
たとえ心が沈んでいてもわれわれを救いあげ
前よりいっそう高くわれわれを磨いてくれる力となる。
……
そのようなあらゆる感謝に値する瞬間は
いたるところに散らばっている　時期からいえば
少年時代の初期にはじまるが　その少年期の
初期こそ多分もっとも著しい。（『序曲』「第十一巻」二五八―七七）

現在は忽ち過去となる。気落ちしている現在の自分をある想いでが、励まし勇気づけてくれる場合がある。その「想いで」の原点に遡るとき「時の点」に辿りつく。多感な少年時代に「時の点」が多い。

　コンスタブルは、故郷サフォークの自然を愛した。デダム渓谷、水車小屋、スタウァ川、牧場、麦畑。妻マリアは同郷のいわば幼な友達。彼女の祖父である牧師の頑固な反対により、彼は容易には結婚できず、一八一六年に結ばれたときはすでに四〇歳。しかも幸福は長くつづかなかった。僅か一二年の結婚生活。妻を失って後の失意、絶望の晩年。明るく憧れを感じさせる画風は、暗く、荒んだ激しい画風に変化。明暗二分法《キアロスキュウロ》を駆使。生まれ故郷の見慣れた風景・アルカディアはノスタルジア、喪失と重ねられる。ここに真骨頂がある——彼の絵は、「相対立するものの結合《コンプレクシオ・オポジトウルム》」[37]と言えようか。全体的に、ほっとした安心感の中にふしぎなアンビギュアスな印象を与える作品が多い。

ここで、大雑把にせよ画風の変化をみてみたい。結婚前を前期としよう。代表作品としてまず「水門からフラットフォード水車小屋」"Flatford Mill from the lock" (1811)（図19）。父親の家業は製粉業。水車、風車は馴染み深いものであった。変化して止まない風も雲も精緻に捉え、彼自身、自然の中に溶け込み、科学的に自然を描くのを特徴とする。前景、中景、遠景そして空という構成。キアロスキューロが作りだす影《シャドウ》によって、過ぎゆく一瞬が微妙に捉えられている。耳を澄ますと水車の回る音、水門を流れる水の音が微かに聞こえてこないか？　それは当時のイギリス画壇にはみられない画風であった。自己に忠実であるように自然にも忠実であった彼。牧歌的風景にマリアへの秘めた憧れがある。雲の描写の素朴さに注目。だが雲の姿は歳月とともに複雑化していく。

「荷船《はしけ》造り、フラットフォード水車小屋付近」"Boat Building near Flatford Mill" (1814)（図版20）をみよう。日常の風景。荷物を運ぶはしけである。障害物を超える象徴としての小舟ともいえる。産業革命のピーク、選挙法改正の時代をやがて迎えるのだが、それらは何れも保守的な彼にはそぐわない。荷船はむしろ "small

19

industry" に相応しい。遠景は地平線。永遠に到達しえないかも知れない憧れ、あるいは、願望と憧れの象徴＝ポトス。(38) 中景のボートは障害物を超え、旅立ちの象徴でもあろう。

そして結婚生活一二年間を仮に中期—後期の始まりと捉えたい。「風景画・昼——干《ほし》草車」"Landscape; Noon" (The Hay Wain) (1821)（図版21）、及び「跳ねる馬」*The Leaping Horse* (1824–25)（図版22）である。彼のもっとも充実した時代である。

Wain=Wagon である。「風景画・昼」というタイトルに注目したい。彼は個々の事物の織り地に宿

る生命の活力の一つ一つを、全体的にその場の風景と調和させている。シンプリシティの背後に豊かさを秘めている。「静けさのうちに回想される感動」“emotion recollected in tranquility”が伝わってくる。ワゴンの粗末な素材、水に浸蝕された杭、苔だらけの水車小屋の壁、汚れた川岸、水の流れ、植物・樹木の繊維質の肌など自然の風物が触感的に描かれている。樹木の葉のそよぎ、空気・流れる水の暖かさ、微かな匂いが伝わってくる。草陰、木陰、水中に潜む、眼に見えない昆虫の羽音まで聞こえてくる。(39) 絵に「聞こえない音楽」の祭典がある。タイトルの“noon”は平凡な、変化に乏しい「昼」の一瞬である。そこに安心、落ち着き、静寂があり、観るひとの魂に自然の生命力を喚起させる。一瞬が永遠に変わる。表現し難い暖かい感触。青空に浮かぶ雲の佇まいの優しさ。雲は絶えず形を変え、動的透明性をもつ。衣服をいじる少女を見つめている少年、河と一体化するワゴンはいつ動きだしても可笑しくない。流れている水、すぐにも走り出しそうな犬。静と動のコントラストの絶妙さ。「動」の透明性が「静」と重なる。雲が流れ、風が吹くと樹木が囁き、草がなびくようなものである。農夫の小さい姿は自然の迫力をいっそう真に近づける。この特定されたある日の「昼」に「時の点」の物語がある。

「跳ねる馬」はマリアを得た絶頂期の彼の心理を象徴しているかも知れない。時代は産業革命（時間）と破壊される自然（永遠）の葛藤の最中である。このコンフリクトを描いているのがこの作品でないか？　中景（左手、中央）及び遠景（右手）の樹木はみな捩れている。所在なさそうに漂うボート。馬が跳ねるのは「自然」の側に立っているからであろう。人間は時間の側に立つ。馬をコントロールしたかに見える御者にコンスタブルが重なる。作品の魅力は自然が生き生きしている点にある。

23

「垂直」“time”と「水平線」“timeless”の狭間にある彼の悩みは樹木の捩れに反映していないか？

さらに「麦畑」“The Cornfield”(1826)（図版23）を加えたい。奥深く広がる小麦畑。前景には狭い小路。昼下がりの頃か。木々は微風にそよいでいる。絵は我々を少年時代に連れ戻す。幻想と審美的郷愁。彼の場合、「時の点」と「場所の点」“spots of place”[40]と重ねられる。観るひとにそれぞれの記憶を懐かしく甦えらせる。キアロスキューロが去り行く一瞬を捉える。アルカディア、郷愁、喪失が溶けあう。聞こえてくる自然の声。“heard melodies”と“those unheard”の溶け合いがある。絵の構成がそれらを可能にさせる。そこにこの絵の魅力がある。

晩年の絶望期にあっては「牧場からソールズベリ教会」*Salisbury Cathedral from the Meadows*(1831)（図版24）及び、荒涼とした「ストーンヘンジ」*Stonehenge*(1836)（図版25）における虹の光景などには、強烈な宗教性が漂う。空の佇まいの複雑化。

24

25

それも単なる錯綜ではない。初期の単純さに比し、変化の激しさに驚く。牧歌から闘いの叙事詩にいたるプロセス。彼の心の相が反映している。前者の場合、前景のゴチャゴチャ、散乱、矛盾は現実の日常生活の反映であろうか？　中景の寺院。そして嵐めくなか、空の虹は理想への願望でないのか。ここには「矛盾した《インティアリア・》内なるノスタルジア風景《ランツスケイプ・オヴ・ノスタルジア》」(41)がある。惨めな現実と遥かなる郷愁（黄金時代への回帰）が同居している。人物像を小さく描く手法にも彼の心象風景が収斂されている。郷愁は喪失に通底する。コンスタブルの描く小道、川、沼、木立。それらは、川が流れ、里山、棚田のある論者の故郷の魂の原風景と重なる。晩年の惨めな精神状況におかれていても、彼の作品は郷愁と憧れの名残を感じさせる。それは「ストーンヘンジ」の「虹」と無関係ではない。James Thomson の『四季』「夏」に下記のくだりがある。

As from the Face of Heaven the shatter'd Clouds
Tumultuous rove, th' interminable Sky
Sublimer swells, and o'er the World expands
A purer Azure. Nature, from the Storm,

Shines out afresh; and thro' the lighten'd Air
A higher Luster and a clearer Calm,
Diffusive, tremble; while, as if in Sign
Of Danger past, a glittering Robe of Joy,
Set off abundant by the yellow Ray,
Invests the Fields, yet dropping from Distress.（*Summer*, 1223–32）

　空から黒い雲が慌てふためき散り散りに
去っていくと　嵐のあとの明るい空がどこまでも
神韻縹渺とすがた現し　大地を包む
ひときわ清らかな青い色で。自然は嵐から
爽やかに輝きを取り戻す　明るくなった大気を通して
高まる精気と明るい静けさが
震えるように広がる。危うさを
逃れた人のように。喜びにかがやく草原は
黄金色の光耀にいっそう照り映え
苦悩の名残を滴らせながらも　緑の衣は生気を増す（「夏」一二二三―三二）

黒い嵐の雲が去り、虹が架かる。自然は生気をとり戻す。コンスタブルはマリアを失った翌一八二九年、ロイヤル・アカデミーの会員に推薦される。公私ともに多忙になるが、執拗に虹を描きつづける。彼の特徴は一八世紀からの命題・「崇高」の美学、及び、「絵画的《ピクチュアレスク》」の否定であり、正面からありのままの自然と向かい合う姿勢である。彼の虹に託す想いはなにか。死の前年の一八三六年。その頃、崇高の象徴といえる古代遺跡文化・ストーンヘンジに対する一般的関心も高まり、ターナーを初めとする多くの画家たちがそれを描いている。けれども、コンスタブルの「ストーンヘンジ」は彼独特の虹ゆえに神秘的、一層ドラマティックな印象を与えないか。心象風景の表れであろう。ワーズワスは躍動する希望の象徴として「虹」を歌う。コンスタブルの場合、彼はつねに自己と自然に忠実であった。雲は絶えず変化して止まない。人間の感情も然り。「気分、情感の担い手」"Stimmungsträger"としての雲。その感情移入の豊かさの迫真力。当時のイギリス画壇は前述のように自然を人工的に捉えていた。風景画は、歴史画、肖像画より低くみられていた。フランスが先に彼の作品を認めることになる。コローの印象主義に影響を与え、さらに二〇世紀の抽象表現主義的要素さえ萌芽のカタチですでに見ることができるという。このような側面を考えると、晩年の大作にみられる虹は、自己と闘うプロセスにおける神への祈りを象徴していないか?

I do set my bow in the cloud, and it shall be for
a token of a covenant between me and the earth. (Genesis, 9.13)

わたしは雲のなかに虹をおく。これが
わたしと地との間の契約のしるしとなる。(『創世記』九章一三節)

ノアの洪水の後、神が雲間に出現させたのが虹である。虹は神と人間の「契約のしるし」＝「信頼」のあかしである。天と地の架け橋が虹である。

And it shall come to pass, when I bring a cloud over
the earth, that the bow shall be seen in the cloud: (Genesis, 9.14)

わたしが雲を地の上に起こすとき、
虹は雲の中に現れる。(『創世記』九章一四節)

この『創世記』九章一三―四節のコトバはそのまま、さきの『夏』一一二一―三二行の光景と重なる。なぜなら「雲」は嵐を呼び、雲・嵐・虹は繋がっているからである。

人間は自然の風景画に住む知的な存在である。コンスタブルの風景画は地水火風が溶けあっている。メメント・モリの影を潜ませながら牧歌への郷愁を失わない。生まれ故郷を中心とする狭い対象を終生、凝視し、崇め、深い愛情をこめて描いている。彼の絵を観るひとは、急に傘が欲しくなり、あるいは微風が頬を撫でるような気持ちを起こさせるという。対象物への観察が細やかで眼差しに深い愛がある。両者間に一切の夾雑物は存在しない。魂が自然の精霊たちを呼び出す。そこでは絵＝詩となる。作品はあえていえば宗教的審美観につらぬかれている。彼の精進ぶりは、描くことを楽しみながらも、道を究める修行僧さながらであった。長い不遇時代に、物の本質を観る真の芸術観が形成されていった。作品の一つ一つを詩と捉えれば、彼の絵には「美は真、真は美」“Beauty is Truth, Truth Beauty”があるといっても過言でない。

　心を神に委ねる生来の宗教性が独自の虹となり、絶望の淵にありながら、なお憧れの郷愁を作品は抱かせてくれる。J・トムスン『四季』「冬」の冒頭を引用したい。

　　See, Winter comes, to rule the vary'd Year,
Sullen, and sad, with all his rising Train;
Vapours, and *Clouds*, and *Storms*. Be these my Theme,
These, that exalt the Soul to solemn Thought,
And heavenly Musing. Welcome, kindred Glooms!
Cogenial Horrors, hail! With frequent Foot,
Pleas'd have I, in my cheerful Morn of Life,
When nurs'd by careless Solitude I liv'd,
And sung of Nature with unceasing Joy,
Pleas'd have I wander'd thro' your rough Domain;

Trod the pure Vergin-Snows, myself as pure;
Heard the Winds roar, and the big Torrent burst;
Or seen the deep fermenting Tempest brew'd,
In the grim Evening-Sky. Thus pass'd the Time,
Till thro' the lucid Chambers of the South
Look'd out the joyous Spring, look'd out and smil'd.　(James Thomson; *The Seasons, Winter*, 1–16)

　ご覧、冬がくる。有為転変の憂き世を支配しようと
不機嫌で物悲しそうな顔して　おびただしい程の従者を連れている。
霧　雲　嵐たちもいる。これらを私の主題としよう
彼らは厳しい思索　天与の瞑想にまで
魂をたかめてくれる。ようこそ　気ごころ知れた憂鬱の仲間たちよ
同じ気質の冬の怪物たちよ。私はしば〳〵外に出て
人生の黎明・幼年時代を楽しんだ
私は無邪気な孤独感に囚われていた
だが尽きることのない喜びで自然をうたった
荒々しい自然の中を私は喜々として彷徨った
純白の処女雪の上を歩き　私自身も純粋だった

そして颪の唸り声　激流のとどろきに耳傾けたり
不気味な夕空の奥ふかく嵐が形成されるのを見てきた
こうして時が過ぎていった　すると
やがて明るい南の空の彼方から　ゆっくりと
喜ばしい春が顔のぞかせて　微笑んでくれた（ジェイムス・トムスン『四季』「冬」一―一六）

26

冬の訪れを楽しかった春への回想と重ねて歌っている。「歌と踊り」の春。人生の「旅」は夏であり、秋である。冬は艱難辛苦の季節。やがてまた春が訪れる。マリアを失い、寂寥の淵に沈みながらも、新境地の開拓に精進して止まなかったコンスタブルと、引用したトムスンの詩句は重なる点に注目したい。『四季』は彼の愛読書でもあった。

晩年のさきの二作品に追加したい絵がある。「コテッジ、虹、水車小屋」“Cottage, Rainbow, Mill”（1830–7）（図版26）、及び「グレイの‘悲歌’第五連・素描」“Design for Gray's 'Elegy' stanza 5”（1833）（図版27）である。「ソールズベリ大聖堂」、「ストーンヘンジ」とほぼ同時期に創作された。けれども、この二作品は近づく死の足音をききながら、魂は郷愁、故郷回帰――落葉帰根

にむかう。まず前者におけるコテッジの所在は中景か遠景か、「時の点」「場所の点」は、記憶の濃淡により、多少の異同はありうる。「虹」は祈り、希望である。そして彼が愛したグレイ。さきの「アルカディアにおける死」と重なる「悲歌」。母なる大地に帰る——死。大地は生命を養う。ワーズワス的視点からすれば、「我らの生誕は一つの眠りであり、一つの忘却に過ぎない」。郷愁——魂の故郷——神の国への旅立ち。ここにコンスタブルの自然観がある。

時間、歳月はひとを成長させる。無垢から経験への推移。田園は素晴らしいけれども、知識を求め、人は都会を形成する。さりながら、生には四季があり、冬を逃れることはできない。老いるとみな孤独になり、幼児に帰る。しかし、己を信じる心をもちつづける限り、希望を抱かせる作品の創作はつねに可能でないか？　理想が日常生活の何処にでもあったように。牧歌—叙事詩への旅は永遠のテーマであろう。魂は冬を克服し、春の生命に己を重ね、新しいものを紡ぎだす可能性をコンスタブルは示している。不倒不屈に生き抜いた彼。作品は一貫して人間の暖かい生き方を問いかけていないだろうか？

パリスは王子の生まれであるが、牧人として育つ。そして神話伝説めいているが、叙事詩の原因を創りだす。牧歌は叙事詩と溶けあい同居している。牧歌は超えられる柵である（図版28）。子供が周囲のバリアを超え、いつの間にか大人に変わっていくように。楽園喪失はコンスタブルの場合、マリア（図版29）の死であった。

彼は空を作品の背景と捉え、純白の布と考えていた。純白は無垢から経験への変化のありようを具体的に示す。そこにコンスタブルの描く「空」と「雲」がある。マリアの昇天いらい、彼には嵐めく荒れた空模様の作品が多くなる。心象風景の変化の軌跡はまさに楽園的踊り、音楽、旅が、喪失、郷愁へと変化の軌跡を物語る。憧れが成就し、歳月が経つと心は原点に戻り、過去への郷愁の念が湧く。コンスタブルの場合、全ては故郷及び周辺の自然を舞台に行われた。彼は作品を通して己の愛国

28

29

心を描いている。人生のすべてが故郷とその周辺にあったのである。意識下にせよ、無意識裡にせよ、踏みしめる大地の感触は足元を伝わって暖かく、水の流れに心は落ちつき和ごむ。風に触れると心はかるくなる。コンスタブルの故郷の原風景には想像力の地水火風が息づいている。

このような人間として画家の生き方という視点から、イギリス風景画の、とくにゲインズボロとコンスタブルに焦点をあて、彼らがロマン派詩人たちとどのように通底し、関わりあってきたかを西欧絵画のイギリス風景画への影響にも注意しながら、大雑把にみてきた。未熟な試論であるが、イギリス風景画の詩的側面に光をあてる一助となれば幸いである。

注

（1）Sir Philip Sidney, *The Defence of Poetry* 研究社『詩の擁護』富原芳彰訳注（昭和四三）p. 56.

（2）The Rev. George Gillfillan, *Poetical Works of William Cowper with Life, Critical Dissertation and Explanatory Notes*, Vol. II, The Task 1, 749.

（3）*The Deserted Village* ll. l–14 (by Goldsmith), (The Rev. George Gilfillan; *The Poetical Works of Goldsmith*, Collins and T. Warton, with Lives, Critical Dissertations, and Explanatory Notes. Edinburgh. p. 14.

（4）*The Poetical Works of the Rev. George Crabbe; with his Letters and Journals and his Life* by his son.Vol. II. The Parish Register, Part. 1. 15–26. London (1834)

（5）Kenneth Clark, *Landscape into Art*, John Murray Ltd., Albemable Street, London (1986) p. 109.

（6）*Ibid.*, pp. 114–5.

（7）*Ibid.*, pp. 115–29.
（8）Ian Jack; *Keats Mirror of Art*, p. 128.
（9）Stephan Butler, *Gainsborough*, Studio Edition Ltd., London 1993, p. 86.
（10）*Ibid.*, p. 100.
（11）*Ibid.*, p. 136.
（12）*The Seasons* by James Thomson, ed. with Introduction and Commentary by James Sambrook, Oxford at the Clarendon Press, 1981, p. 147.
（13）*Ibid.*, pp. 157–8.
（14）Stephan Butler, *op. cit.*, p. 126.
（15）John Barrell, *The Dark Side of the Landscape—The rural poor in English painting 1730–1840*, Cambridge Univ. Press, 1980, p. 77.
（16）Stephan Butler, *op. cit.*, p. 26.
（17）*The Poetical Works of the Rev. George Crabbe: with His Letters and Journals, and His Life*, by his son. Vol. II, *The Village*. Book 2, 1–2. London: John Marray, Albemarle St.
（18）*Ibid.*, Book 1, 39–48.
（19）*Ibid.*, Book 1, 136.
（20）*Ibid.*, Book 1, 144–49.
（21）Raymond Williams, *The Country and the City*, 1973（レイモンド・ウイリアムズ原著『田舎と都会』山本和平・増田秀男・小川雅魚共訳（晶文社）pp. 130–1 (1994)）
（22）Alexander Pope; *An Essay on Man*, I, x. 294. (One truth is clear, "whatever is, is Right.")
（23）John Barrell, *op. cit.*, p. 85.

(24) *Liberty, the Castle of Indolence and Other Poems of James Thomson*, ed. by James Sambrook, 4. Britain. p. 125. Clarendon Press, Oxford. 1986.

(25) レイモンド・ウイリアムズ原著、*Ibid.*, p. 135.

(26) *Ibid.*, p. 142.

(27) *Ibid.*

(28) *The Journal of Dorothy Wordsworth*, ed. de Selincourt, London, 1941, p. 403. Cf. John Barrell, *op. cit.*, p. 138.

(29) T. S. Eliot, *Four Quartet; Burnt Norton*, 42–43.; "human kind/Cannot bear very much reality."

(30) John Burrell, *op. cit.*, pp. 140–41, 158, 164.

(31) Everyman Library, *Wordsworth Poems*, Vol. 1, p. 73.

(32) There is no sense of ease like the ease we felt in those scenes where we were born, where objects become dear to / us before we had known the labour of choice, and when the outer world seemed only an extension of our own personality, / we accepted and loved it as we accepted our own sense of existence and our own limbes. (George Eliot, *The Mill on the Floss*)

(33) レイモンド・ウイリアムズ原著、*op. cit.*, p. 118.

(34) Peter Bishop, *An Archetypal Constable—National Identity and the Geography of Nostalgia*, The Athlone Press. Ltd., London.1995. p. 84.

(35) *Ibid.*, p. 79.

(36) *Constable* by Michael Rothentalle, Thames and Hudson Ltd., London. 1987. p. 173.

(37) Peter Bishop, *op. cit.*, p. 68.

(38) *Ibid.*, p. 87.

(39) Karl Krober, *Romantic Landscape Vision; Constable and Wordsworth* (The Univ. of Wisconsin Press, 1975)

pp. 22–23.

（40）Peter Bishop, *op. cit.*, p. 54.

（41）*Ibid.*, p. 67.

＊付記

Elegy by Thomas Gray は“*A Book of English Poetry*”（尾島庄太郎注）(The Hokuseido Press) から、W. Wordsworth; *The Prelude or Growth of a Poet's Mind* (Text of 1805) Vol I (with notes by Taro Takemoto, Revised with intro. by Shunichi Maekawa) (Tokyo Kenkyusha British & American Classics, 1969). 及び W. Wordsworth; *ibid.*, Vol. II (Text of 1805) (with notes by Shunichi Maekawa), (Tokyo Kenkyusha British & American Classics, 1965). からそれぞれ引用。

参考文献

Allott, Miriiam, *The Poems of John Keats* (London: Longman Group Ltd., 1970)

Arnold, Matthew, "John Keats", *Essays in Criticism*, ed. with an intro. and notes by Kochi Doi (1923; "Kenkyusha British & American Classics 124" Tokyo: Kenkyusha, 1947)

Barrell, John, *The Dark Side of the Landscape: The rural poor in English painting 1730–1840* (Cambridge Univ. Press, 1980)

Baudelaire, Charles, *Les Fleurs du Mal*, Préfacée et annotée by Ernest Raynaud (Paris Librairie Garnier Freres, 1949)

Beresford, Richard, *A Dance to the Music of Time*, by Nicolas Poussin (London: The Trustees of the Wallace Collection, 1995)

Bermingham, Ann, *Landscape and Ideology: The English Rustic Tradition, 1740-1860* (London: Thames and Hudson Ltd., 1987)

Beyer, Werner W., *Keats and the Daemon King* (Oxford:Oxford Univ. Press, 1969)

Bishop, Peter, *An Archetypal Constable: National Identity and the Geography of Nostalgia* (London: The Athlone Press. Ltd., 1995)

Briggs, K. M., *The Faries in Tradition & Literature* (London: Routledge Kegan Paul, 1968)

Burton, Robert, *The Anatomy of Melancholy*. Vol. I, III, ed. with an intro. by Holbrook Jackson. Everyman's Library (London: J. M. Dent & Sons Ltd. 1964)

Bush, Douglass, *Mythology and the Romantic Tradition in English Poetry* (London: W. W. Norton, 1965)

Butler, Stephan, *Gainsborough* (London: Studio Edition Ltd., 1993)

Cazamian, Louis, "Modern Times (1660–1959)", *A History of English Literature*. Trans. W. D. Maclnnes and Louis Cazamiann, Revised ed. (London: J. M. Dent and Sons Ltd., 1960)

Clark, Kenneth, *Landscape into Art* (London: John Murray, 1986)

Crabbe, George, and Crabbe, John, *The Poetical Works of the Rev. George Crabbe; with his Letters and Journals and his Life*, Vol. 2 (London: John Murray, Abemable St., 1834)

Davenport, A., "A Note on 'To Autumn'", *John Keats: A Reassessment*. Ed. Kenneth Muir (Liverpool: Liverpool Univ. Press, 1958)

Eliot, T. S., "Hamlet" (1919), *Selected Essays* (London: Faber and Faber Ltd., 1951)

Evert, Walter H., *Aesthetic and Myth in the Poetry of Keats* (New Jersey: Prinston Univ. Press, 1965)

Finney, Claude L., *The Evolution of Keats's Poetry*, Vol. 2 (Cambridge, Mass.: Harvard Univ. Press. 1936)

Garrod, H. W., *The Poetical Works of John Keats* (Oxford: Clarendon Press, 1970)

Gregory, Lady, *Cuchulain of Muirthemne* (Georgia, Buckingshire: Colin Smythe Ltd., 1970)

Jones, James Land, *Adam's Dream—Mythic Consciousness in Keats and Yeats* (The Univ. of Georgia Press, 1975)

Kilbansky, Raymond, Erwin Panofsky and Fritz Saxl, *Saturn and Melancholy: Studies in the History of Natural Philosophy; Religion and Art* (London: Thomas Nelson & Sons Ltd., 1964)

Krober, Karl, *Romantic Landscape Vision: Constable and Wordsworth* (Wisconsin: The Univ. of Wisconsin Press, 1975)

Lemprière, John, *Lempriere's Classical Dictionary* (3rd ed., London: Routledge & Kegan Paul, 1984)

Mellor, Ann K., *English Romantic Irony* (London: Harvard Univ. Press, 1982)

——, "Keats's Face of Moneta: Source and Meaning," *Keats-Shelley Journal* 25. (1976)

Merivale, Patricia, *Pan the Goat God: His Myth in Modern Times* (Cambridge Mass.: Harvard Univ. Press, 1969)
Murray, Peter and Linda, *The Penguin Dictionary of Art and Artists* (London: Penguin Books, 1993)
Nathan, Leonard E., *The Tragic Drama of William Butler Yeats: Figures in a Dance.* (New York and London: Columbia Univ. Press, 1965)
Oshima, Shotarou, ed. with notes, *A Book of English Poetry: From Chaucer to Living Poets* (Tokyo: The Hokuseidou Press, 1989)
Pater, Walter, *The Renassance: Studies in Art and Poetry* (London: Macmillan, 1910)
Patterson, Charles I. Jr., *The Daemonic in the Poetry of John Keats* (Cambridge: Cambridge Univ. Press, 1970)
Rollins, Hyder E., ed. *The Letters of John Keats*, Vols. 1 & 2 (Cambridge: Harvard Univ. Press, 1980)
Rothentalle, Michael, *Constable: The Painter and His Landscape* (London: Thames and Hudson Ltd., 1987)
Skene, Reg, *The Cuchulain Plays of W. B. Yeats: A Study* (London: Macmillan, 1974)
Sperry, Stuart M., *Keats the Poet* (Princeton, NJ: Princeton Univ. Press, 1973)
Taylor, Richard, *The Drama of W. B. Yeats; Irish Myth and the Japanese No* (New Heaven and London: Yale Univ. Press, 1976)
Thomson, James, *James Thomson's The Seasons*, ed. with an intro. and commentary by James Sambrook (Oxford: Clarendon Press, 1981)
——, *Liberty, the Castle of Indolence and Other Poems of James Thomson*, ed. James Sambrook (Oxford: Clarendon Press, 1986)
Vendler, Hellen, *The Odes of John Keats*, (Cambridge, Mass: The Belknap Press of Harvard UP, 1983)
Venning, Barry, *Constable* (London: Studio Edition Ltd., 1993)
Wassermann, Earl R., *The Finer Tone; Keats' Major Poems* (Baltimore: The Johns Hopkins Press, 1953)

Wayne, Philip, ed., *Wordsworth Poems*, Vol. 1, Everyman's Library (London, 1955)
Wentz, W. Y. Evance, *The Fairy-Faith in Celtic Countries* (Colin Smythe Humanities Press, 1988)
Wilde, Oscar, *The Picture of Dorian Gray* (Paris: Charles Carrington, 1908)
Wordsworth, W., *The Prelude or Growth of a Poet's Mind*. Vol. 2, ed. with Notes by Syunichi Maekawa (Tokyo: Kenkyuusya, British & American Classics, 1965)
——, *The Prelude or Growth of a Poet's Mind*. Vol. 1, ed. with notes by Torao Takemoto and Shunichi Maekawa. Tokyo: Kenkyuusya, British & American Classics, 1969)
Wordsworth, Jonathan, Michael C. Jaye, Robert Woof. *W. Wordsworth and the Age of English Romanticism* (New Brunswick and London Co-published with The Wordsworth Trust, Dove Cottage, Grasmere, England, 1988).
Wright, B. A., ed. *Milton's Poems*, Everyman's Library (J. M. Dent & Sons. Ltd. 1966)
Yearslay, Maclead, *The Folklore of Fairy-Tale* (London: Watt & Co., 1924)
Yeats, W. B., *The Collected Poems* (London: Macmillan, 1955)
——, *Mythologies*. (London: Macmillan, 1962)
——, W. B., *Essays and Instruction* (London: Macmillan, 1980)
赤祖父哲二『宮沢賢治——光の交響詩』六興出版、一九八九。
朝日新聞社（主催）「徒然草——美術で楽しむ古典文学」展、サントリー美術館、二〇一四。
板谷栄城『宮沢賢治の見た心象——田園の風と光の中から』ＮＨＫブックス、一九九六。
伊藤博（校注）『万葉集』（「新編国歌大観準拠版」）「下巻」、角川文庫、二〇〇九。
今泉忠義（訳注）、改定・『徒然草』付・現代語訳、角川文庫、一九九八。
井村君江『妖精の系譜』新書館、一九八八。
井村君江『妖精学大全』東京書籍、二〇〇八。

及川馥『パシュラールの詩学』法政大学出版部、一九八九。

樺山紘一『十牛図・自己発見の旅』春秋社、一九九一。

久慈力『宮沢賢治――世紀末を越える預言者』新泉社、一九八九。

ケネス・クラーク『風景画論』佐々木英也訳、岩崎美術社、一九八四。

小森陽一『最新宮沢賢治講義』朝日選書、一九九六。

斎藤孝『宮沢賢治という身体――地水火風の想像力』世織書房、一九九七。

続橋達雄、『宮沢賢治・童話の世界』桜楓社、一九七五。

田中秀央・前田啓作訳、オウイディウス『転身物語』人文書院、一九六六。

谷本誠剛『宮沢賢治とファンタジー童話』北星堂、一九九七。

出口保夫訳『キーツ全詩集一・二・三』白凰社、一九七四。

富原芳彰（訳注）『詩の擁護』研究社、一九六八。

西村恵信『私の十牛図』法蔵館、一九八八。

西山清訳『エンディミオン』鳳書房、二〇〇三。

林瑛二訳、『ジェームズ・トムスン詩集』慶応義塾大学出版会、二〇〇二。

松田司郎『宮沢賢治の童話論』国土社、一九八七。

松田司郎『宮沢賢治の旅――イーハトーヴ童話のふるさと』五柳書院、一九九四。

宮城一男『宮沢賢治と自然』玉川大学出版部、一九八三。

宮城一男・高村毅一『宮沢賢治と植物の世界』、築地出版、一九七九。

村上菊一郎訳、『悪の華』角川文庫、一九五二。

森松健介『イギリス・ロマン派と〈緑〉の詩歌――ゴールドスミスからキーツまで』中央大学出版部、二〇一三。

山尾三省『深いことばの山河』日本教文館、一九九六。

レイモンド・クリバンスキー、アーウイン・パノフスキー、フリッツ・ザクスル『土星とメランコリー——自然哲学、宗教、芸術の歴史における研究』、田中英道（監訳）、榎本武文、尾崎彰広、加藤雅之（共訳）、晶文社、一九九一。

レイモンド・ウイリアムズ原著、山本和平・増田秀男・小川雅魚共訳『田舎と都会』晶文社、一九九四。(Raymond Williams: The Country and the City).

C・R・レズリー著、ジョナサン・メイン編『コンスタブルの手紙——英国自然主義画家への追憶』彩流社、一九八九年。(C. R. Leslie, Memoirs of the Life of John Constable)

『イタリアの光——クロード・ロランと理想風景』国立西洋美術館、一九九八。

『日本書紀』上巻（小学館、二〇〇七）。

『宮沢賢治全集』筑摩書房、ちくま文庫五・六・七・八巻及び『詩集』一・二巻&一〇巻、二〇一一。

藤田眞治『キーツのオードを読む』溪水社、二〇一〇。

桑野文子「蛇女の憂鬱——キーツ『レイミア』考」（植月惠一郎編著『博物誌の文化学——動物篇』鷹書房弓プレス、二〇〇三。

＊二次的資料は省略

画像リスト

第一章

1. George Frederick Watts (1817–1904), *Endymion*, c.1872, Watts Museum, Guildford, UK.
2. Frank Cadogan Cowper, *La Belle Dame sans Merci*, 1926.
3. Edward Burne-Jones, *The Beguiling of Merlin*, 1872–77, Lady Lever Art Gallery, Liverpool, UK.
4. Faun and Nymph.
5. *Hermes*, Altes Museum, Berlin.
6. Naiad or Water Nymph, Townley Room, London.
7. Francesco Mola (1612–66), *Diana ed Endymion*, Museo Conservatori, Roma.
8. Demeter (Ceres) with Fertile Horn, Altes Museum, Berlin.
9. 高橋芳『岩手軽便鉄道』 スタジオ游
10. *Satyr*, Altes Museum, Berlin.
11. *Pan*, Altes Museum, Berlin.
12. *Apollon*, Altes Museum, Berlin.
13. *Artemis* (*Diana*), Altes Museum, Berlin.
14. Nicolas Poussin, *A Dance to the Music of Time*, 1636, The Wallace Collection, London.

画像リスト

第二章

1. Albrecht Dürer, *Melencolia* I, 1514
2. Antonio Canova, *Hebe*, 1800–05, National Galarie, Berlin

第三章

1. マサッチオ『楽園追放』Masaccio, *The Expulsion of Adam and Eve from Eden*, 1426–27, Brancacci Chapel, Florence, Italy.
2. ルーベンス『パリスの審判』Peter Paul Rubens, *The Judgment of Paris*, 1597–99, National Gallery, London.
3. ギブソン『トロイのヘレン』John Gibson, *Helen of Troy*, 1825–30, Victoria & Albert Museum, London.
4. プーサン『アルカディアの風景（秋）』Nicolas Poussin, *L'Automne*, 1660–64, Louvre, Paris.
5. ジョルジョーネ『嵐』Giorgione, *The Tempest*, c. 1508, Gallery of Accademia, Venice, Italy.
6. 『アポロと詩人たちのいる風景』Claude Gellée, known as Claude Lorrain, *Landscape with Apollo and Muses*, 1652 © National Galleries of Scotland, Edinburgh.
7. プーサン〈パンの前で踊るバッカスの饗宴〉Nicolas Poussin, *A Bacchanalian Revel before a Term of Pan* (*Bacchanal before a Statue of Pan*), National Gallery, London.
8. 『シバの女王が船に乗る港』Claude Gellée, *Seaport with the Embarkation of the Queen of Sheba*, National Gallery, London.
9. クロード『魅せられた城』Claude Lorrain, *The Enchanted Castle*, 1664, National Gallery, London.

10. ルイスダール『道のある風景』Jacob van Ruisdael, *The Road*, National Gallery, Prague, Czechoslovakia.
11. ゲインズボロ『乳しぼり娘を口説く男』Thomas Gainsborough, *Woodcutter Courting a Milkmaid*, 1755, Private Collection.
12. ゲインズボロ『森の風景——荷馬車、乳しぼり娘、若者』Thomas Gainsborough, *Wooded Landscape with Country Waggon, Milkmaid and Drover*, 1766, Private Collection.
13. ゲインズボロ『木こりの帰還』Thomas Gainsborough, *The Woodcutter's Return*, 1772–3, Private Collection.
14. ゲインズボロ『家の戸口』Thomas Gainsborough, *The Cottage Door*, 1780, The Huntington Art Collection, San Marino.
15. ゲインズボロ『キセル煙草を燻らせる農夫の家の戸口』Thomas Gainsborough, *Cottage Door with Peasant Smoking*, 1788, The Wight Art Gallery, Los Angeles, USA.
16. ゲインズボロ『コテッジの少女』Thomas Gainsborough, *The Cottage Girl*, 1785, National Gallery of Ireland, Dublin.
17. コンスタブル『ウイリー・ロットの家』John Constable, *Willy Lott's House*, Victoria and Albert Museum, London.
18. N・プーサン『アルカディアの羊飼い』Nicolas Poussin, *The Arcadian Shepherds*, Louvre, Paris.
19. コンスタブル『荷船はしけ造り、フラットフォード水車小屋付近』John Constable, *Boat Building near Flatford Mill*, 1815, Victoria and Albert Museum, London.
20. コンスタブル『水門からフラットフォード水車小屋』John Constable, *Flatford Mill from the Lock*, 1811. Victoria and Albert Museum, London.
21. コンスタブル『風景画・昼——乾し草車』John Constable, *Landscape: Noon* (*The Hay Wain*), 1821, National Gallery, London.

22. コンスタブル『跳ねる馬』John Constable, *The Leaping Horse*, 1824–25, Victoria and Albert Museum, London.
23. コンスタブル『麦畑』John Constable, *The Cornfield*, 1826, National Gallery, London.
24. コンスタブル『牧場からソールズベリ教会』John Constable, *Salisbury Cathedral from the Meadows*, 1831, Private Collection.
25. コンスタブル『ストーンヘンジ』John Constable, *Stonehenge*, 1836, Victoria and Albert Museum, London.
26. コンスタブル『コテッジ、虹、水車小屋』John Constable, *Cottage, Rainbow, Mill*, 1830–37, Lady Lever Art Gallery, Port Sunlight.
27. コンスタブル『グレイの「悲歌」第v連・素描』John Constable, *Design for Gray's 'Elegy' Stanza V*, 1833, British Museum, London.
28. コンスタブル『麦畑の中の農家』John Constable, *A Cottage in a Cornfield*, 1815, Victoria and Albert Museum, London.
29. コンスタブル『マリア』John Constable, *Portrait of Maria Bickmell, Mrs John Constable*, 1816, Tate Gallery, London.

あとがき

かつて西欧の美術館をめぐり、写した絵画、ギリシャ・ローマ神話の神々の像などのスライドはそのままになっていた。絵画・彫刻に関心を抱きながら、文章にする余裕がなかった。定年前後の「紀要」などの諸論文の整理も気がかりになっていた。第三章の未熟さには忸怩たるものがある。本文の一部及び巻末に未発表の写真を掲載することにした。

「宮沢賢治の妖精――自然観」は最終段階で付け加えた。アニミズム、地水火風を軸とするキーツの想像力を妖精・牧歌的視点から捉えると、宮沢作品と繋がらないか？　という疑問があった。接点はケルトのフェアリーにある。

郷里をあとにして五十有余年。振り返ると自分は何をしてきたか慙愧に耐えない。本書は自らの不勉強にたいする贖罪意識の線上にある。郷里は牧歌。上京は内なる何かを求めてであった。未知なるもの探求の歳月を叙事詩と捉えれば、徐々に姿を現してきた美・真の問題は自らのアイデンティティを問うものになる。

米寿のちかい今日を迎えるに際し、すでに昇天された恩師・佐瀬順夫先生、大沢実先生、小倉多加志先生、尾島庄太郎先生、本間久雄先生のご指導、ご厚意にそれぞれ心から感謝を捧げたい。畏友、

あとがき

早稲田大学名誉教授・野中涼氏の変わらぬご芳情に感謝したい。最後に音羽書房鶴見書店社長・山口隆史氏の行き届いたご配慮に感謝を表するものである。

二〇一五年四月吉日

著者

初出一覧

（1）「つれない美女」、『アレーテイア』二八号、二〇一三（キーツと妖精――「つれない美女」）。
（2）「四妖精のうた」――地水火風、実践女子大学『文学部紀要』第三三集、一九九〇（「キーツの妖精詩――異教主義と児童文学」）。
（3）宮沢賢治の妖精――自然観、書き下ろし。
（4）「夜鶯鳥の賦」――想像力と牧歌、『イギリス・ロマン派研究』第三四号、二〇一〇（「キーツの魅力――想像力と牧歌」）。
（5）「秋の賦」――幻の牧歌、『英語青年』一九九五・十二月号（"Ode to Autumn"――問題点をさぐる）。
（6）「キーツ・ワイルド・ペイター」、実践女子大学「文学部紀要」第三五集、一九九二（「イギリス文学における審美主義の系譜（試論）」）。
（7）「憂鬱の賦」、『アレーテイア』二七号、二〇一二（「*Ode On Melancholy*――イギリス審美主義の系譜Ⅱ」）。
（8）イェイツとキーツ――『鷹の井戸』と『ハイピリオン没落』、『イェイツ研究』二八号、一九九七（「イェイツとキーツ（試論）'Wisdom must live a bitter life'」）。
（9）イギリス風景画論――ロマン派の詩人と風景画、実践女子大学『文学部紀要』第四二集、一九九九（「ロマン派と絵画（試論）――ロマン派詩人とイギリス風景画――」）。

ヤ・ラ・ワ行

マ行

タ行

ナ行

ハ行

サ行

索　引

キーツの想像力
妖精・牧歌

2015年5月15日　初版発行

著　者　高橋　雄四郎
発行者　山口　隆史
印　刷　株式会社太平印刷社

発行所　株式会社 音羽書房鶴見書店
〒113-0033 東京都文京区本郷 4-1-14
TEL 03-3814-0491
FAX 03-3814-9250
URL: http://www.otowatsurumi.com
e-mail: info@otowatsurumi.com

Printed in Japan
ISBN978-4-7553-0282-4 C3098
組版編集　ほんのしろ／装幀　熊谷有紗（オセロ）
製本　株式会社太平印刷社

著者略歴

髙橋　雄四郎（たかはし　ゆうしろう）

1927年、台湾、高雄生まれ。大分中学卒業。敗戦後、農業の傍ら、大分経済専門学校卒業、山九産業運輸株式会社就職。後、津久見高等学校教師――簿記、算盤担当。1955年上京。早稲田大学第二文学部、英文学専修第三学年編入・卒業。早稲田大学大学院進学・単位取得。Cambridgeにおける研究生活をへて、実践女子大学名誉教授。英詩研究会・「デミタス」主宰（2000年－）。

主なる著書
『キーツ研究――自我の変容と理想主義』（北星堂）
『ジョン・キーツ――想像力の光と闇』（南雲堂）
『知の旅――髙橋雄四郎エッセイ集』（日本文学館）
『落穂を拾う』（音羽書房鶴見書店）

共訳
『ビート詩集』（国文社）

本籍地
大分市上戸次利光

ギリシャ・ローマの神々

（写真は総て撮影が許可されたもので、著者自身が
1994年から95年にかけて撮ったものである。）

1. ゼウス（ユピテル）
Altes Museum, Berlin

2. ヘラ（ユノー）
Altes Museum, Berlin

3. アテナ（知恵）
Pergammon Museum, Berlin

6. アフロディテの肖像
Altes Museum, Berlin

4. アフロディテ（ヴィーナス）
Louvre, Paris

7. ディオニソス
Altes Museum, Berlin

5. アフロディテの立像
Altes Museum, Berlin

10. アルテミス（ダイアナ）
Louvre, Paris

8. バッカス
Louvre, Paris

9. バッカスの行列
British Museum, London

11. ダイアナとアクタイオン
Louvre, Paris

12. ヴィーナスとパン
National Galarie, Berlin

13. サイキとキューピッド
National Galarie, Berlin

14. エロス（キューピッド）
Louvre, Paris

16. 運命の女神のアトリビュート
Orsay Museum, Paris

15. 運命の女神
Vatican Museum, Rome

17. ポモナ（果樹の女神）
Louvre, Paris

19. シアリーズとプロサパイン（母と娘）
National Galarie, Berlin

18. ウェルトゥムヌス（農業神）とポモナ
Victoria & Albert Museum, London

20. プリュートウとプロサパイン
Dulwich Museum, London

21. プリュートウ
Wien, Austria

23. レダと白鳥
Victoria & Albert Museum, London

22. オーロラ
National Gallery, Cardiff, Wales